Tucholsky Wagner Zola Scott Sydow Freud Schlegel
Turgenev Wallace Fonatne
Twain Walther von der Vogelweide Fouqué Friedrich II. von Preußen
Weber Freiligrath Frey
Fechner Fichte Weiße Rose von Fallersleben Kant Ernst Richthofen Frommel
Engels Fielding Hölderlin
Fehrs Faber Flaubert Eichendorff Tacitus Dumas
Feuerbach Maximilian I. von Habsburg Fock Eliasberg Zweig Ebner Eschenbach
Ewald Eliot Vergil
Goethe Elisabeth von Österreich London
Mendelssohn Balzac Shakespeare Dostojewski Ganghofer
Trackl Lichtenberg Rathenau Doyle Gjellerup
Stevenson Hambruch
Mommsen Tolstoi Lenz Hanrieder Droste-Hülshoff
Thoma von Arnim Hägele Hauff Humboldt
Dach Verne Rousseau Hagen Hauptmann Gautier
Karrillon Reuter Garschin Defoe Baudelaire
Damaschke Descartes Hebbel
Wolfram von Eschenbach Dickens Schopenhauer Hegel Kussmaul Herder
Bronner Darwin Melville Grimm Jerome Rilke George
Campe Horváth Aristoteles Bebel Proust
Bismarck Vigny Barlach Voltaire Federer Herodot
Gengenbach Heine
Storm Casanova Tersteegen Grillparzer Georgy
Chamberlain Lessing Langbein Gilm Gryphius
Brentano Lafontaine
Strachwitz Claudius Schiller Kralik Iffland Sokrates
Katharina II. von Rußland Bellamy Schilling
Gerstäcker Raabe Gibbon Tschechow
Löns Hesse Hoffmann Gogol Wilde Vulpius
Luther Heym Hofmannsthal Gleim
Roth Klee Hölty Morgenstern Goedicke
Luxemburg Heyse Klopstock Puschkin Homer Kleist
La Roche Horaz Mörike Musil
Machiavelli
Navarra Aurel Musset Kierkegaard Kraft Kraus
Nestroy Marie de France Lamprecht Kind Kirchhoff Hugo Moltke
Laotse Ipsen Liebknecht
Nietzsche Nansen Ringelnatz
Marx Lassalle Gorki Klett Leibniz
von Ossietzky May vom Stein Lawrence Irving
Petalozzi Knigge
Platon Pückler Michelangelo Kafka
Sachs Poe Kock Korolenko
de Sade Praetorius Mistral Liebermann
Zetkin

La maison d'édition tredition, basée à Hambourg, a publié dans la série **TREDITION CLASSICS** des ouvrages anciens de plus de deux millénaires. Ils étaient pour la plupart épuisés ou uniquement disponible chez les bouquinistes.

La série est destinée à préserver la littérature et à promouvoir la culture. Elle contribue ainsi au fait que plusieurs milliers d'œuvres ne tombent plus dans l'oubli.

La figure symbolique de la série **TREDITION CLASSICS**, est Johannes Gutenberg (1400 - 1468), imprimeur et inventeur de caractères métalliques mobiles et de la presse d'impression.

Avec sa série **TREDITION CLASSICS**, tredition à comme but de mettre à disposition des milliers de classiques de la littérature mondiale dans différentes langues et de les diffuser dans le monde entier. Toutes les œuvres de cette série sont chacune disponibles en format de poche et en édition relié. Pour plus d'informations sur cette série unique de livres et sur l'éditeur tredition, visitez notre site: www.tredition.com

tredition a été créé en 2006 par Sandra Latusseck et Soenke Schulz. Basé à Hambourg, en Allemagne, tredition offre des solutions d'édition aux auteurs ainsi qu'aux maisons d'édition, en combinant à la fois édition et distribution du contenu du livre en imprimé et numérique et ce dans le monde entier. tredition est idéalement positionnée pour permettre aux auteurs et maisons d'édition de créer des livres dans leurs propres domaines et sujets sans prendre de risques de fabrication conventionnelles.

Pour plus d'informations nous vous invitons à visiter notre site: www.tredition.com

Derniers Contes

Edgar Allan Poe

Mentions légales

Cette œuvre fait partie de la série TREDITION CLASSICS.

Auteur: Edgar Allan Poe
Conception de couverture: toepferschumann, Berlin (Allemagne)

Editeur: tredition GmbH, Hambourg (Allemagne)
ISBN: 978-3-8491-4043-4

www.tredition.com
www.tredition.de

L'objectif de TREDITIONS CLASSICS est de mettre à nouveau à disposition des milliers d'œuvres de classiques français, allemands et d'autres langues disponible dans un format livre. Les œuvres ont été scannés et digitalisés. Malgré tous les soins apportés, des erreurs ne peuvent pas être complètement exclues. Nos partenaires et nous même, tredition, essayons d'aboutir aux meilleurs résultats. Toutefois, si des fautes subsistent, nous vous prions de nous en excuser. L'orthographe de l'œuvre originale a été reprise sans modification. Il se peut que ce dernier diffère de l'orthographe utilisée aujourd'hui.

ROMANS ÉTRANGERS MODERNES

EDGAR ALLAN POE

DERNIERS CONTES

TRADUITS PAR F. RABBE

AVEC UN PORTRAIT PAR TH. BÉRENGIER

1887

INTRODUCTION

La vie d'Edgar Allan Poe n'est plus à raconter: ses derniers tra-
ducteurs français, s'inspirant des travaux définitifs de son nouvel
éditeur J.H. Ingram, l'ont éloquemment vengé des calomnies trop
facilement acceptées sur la foi de son ami et *exécuteur* testamentaire,
Rufus Griswold. En dépit de ses mensonges, Edgar Poe reste pour
nous et restera pour la postérité, de plus en plus admiratrice de son
génie, ce que l'a si bien défini notre Baudelaire:

«Ce n'est pas par ses miracles matériels, qui pourtant ont fait sa
renommée, qu'il lui sera donné de conquérir l'admiration des gens
qui pensent, c'est par son amour du Beau, par sa connaissance des
conditions harmoniques de la beauté, par sa poésie profonde et
plaintive, ouvragée néanmoins, transparente et correcte comme un
bijou de cristal, — par son admirable style, pur et bizarre, — serré
comme les mailles d'une armure, — complaisant et minutieux, — et
dont la plus légère intention sert à pousser doucement le lecteur
vers un but voulu, — et enfin surtout par ce génie tout spécial, par ce
tempérament unique, qui lui a permis de peindre et d'expliquer
d'une manière impeccable, saisissante, terrible, *l'exception dans l'ordre moral.* — Diderot, pour prendre un exemple entre cent, est un
auteur sanguin; Poe est l'écrivain des nerfs, et même de quelque
chose de plus — et le meilleur que je connaisse.»

Ajoutons que ce fut une bonne fortune exceptionnelle pour Edgar
Poe de rencontrer un traducteur tel que Baudelaire, si bien fait par
les tendances de son propre esprit pour comprendre son génie, et le
rendre dans un style qui a toutes les qualités de son modèle. Pour
notre part, nous ne parcourons jamais son admirable traduction
sans regretter vivement qu'il n'ait pas assez vécu pour achever toute
sa tâche.

La voie ouverte avec tant d'éclat par l'auteur des *Fleurs du Mal* ne
pouvait manquer de tenter après lui bien des amateurs du génie si

original et si singulier que la France avait adopté avec tant de curiosité et d'enthousiasme. A mesure que de nouveaux Contes de Poe paraissaient, ils étaient avidement lus et traduits. Quelques-uns même osaient, sous prétexte d'une littéralité trop scrupuleuse, refaire certaines parties de l'oeuvre de Baudelaire. C'est ainsi que parurent tour à tour les *Contes inédits*, traduits par William Hughes (1862), les *Contes grotesques*, traduits par Emile Hennequin (1882), et les *Oeuvres choisies*, retraduites après Baudelaire par Ernest Guillemot (1884).

Les *Contes et Essais* de Poe, dont nous publions aujourd'hui la traduction, sont à peu près inédits pour le lecteur français. Si nous nous sommes permis d'en reproduire deux: *L'inhumation prématurée* et *Bon-Bon*, déjà excellemment traduits par M. Hennequin, c'est que, de son propre aveu du reste, il y a dans sa traduction des lacunes qui nous ont paru assez importantes pour qu'on pût regretter cette mutilation, et la réparer au profit du lecteur.

Les morceaux critiques, tels que *La Cryptographie, le Principe poétique*, que nous traduisons pour la première fois, complèteront la série des *Essais*, si heureusement commencée par Baudelaire.

Cet Essai de Poétique, sous forme de Lecture, en nous révélant le Poe improvisateur et conférencier, nous initie à l'originale et contestable théorie qui lui tenait tant au coeur, et qu'il a essayé de mettre en pratique dans un grand nombre de petites pièces dont quelques-unes, sans compter *Le Corbeau* si connu, peuvent rivaliser avec ce qu'il y a de plus parfait en ce genre. L'exposition de cette théorie nous a valu l'Anthologie la plus exquise, la plus rare, qu'un dilettante aussi délicat que Poe pouvait recueillir parmi les petits chefs-d'oeuvre de la poésie Anglaise ou Américaine.

Pour que l'Oeuvre de Poe fût parfaitement connue, il resterait à traduire ses *Essais et Critiques littéraires* proprement dits, qui renferment, avec des vues originales et profondes, tant de pages étincelantes de bon sens, de verve malicieuse, de sagacité critique — et forment à coup sûr la meilleure histoire qui ait été écrite de la Littérature Américaine. Puis il faudrait y ajouter en entier les *Marginalia*, ou pensées détachées de Poe, dont l'excellente traduction partielle qu'en a tentée M. Hennequin nous a donné un précieux avant-goût.—Nous espérons, avec le temps, remplir cette tâche intéressante.

Il serait superflu de faire ici l'éloge des Contes et Essais qui composent ce volume. S'ils n'ont pas au même degré les caractères d'intérêt et de pathétique poignant, les hautes qualités pittoresques ou dramatiques de certains récits plus connus que l'on est convenu d'appeler les chefs-d'oeuvre de Poe, ils se recommandent singulièrement pour la plupart, à notre avis, par une veine d'humour et de malice incomparable, et par une originalité de composition et de forme d'autant plus frappante que les sujets semblaient moins prêter à l'inattendu et à la fantaisie. Le fantastique et le grotesque y revêtent un air de gravité et de sang-froid qui est du plus haut comique, et donne à la satire ou à la leçon morale un relief des plus saisissants.

A côté de ces qualités vraiment caractéristiques du procédé littéraire de Poe, on retrouvera dans quelques-uns de ces morceaux—le *Mellonta tauta, le Mille et deuxième Conte de Schéhérazade,* par exemple,—les profondes vues philosophiques, l'érudition étendue et surtout l'enthousiasme éclairé pour les merveilleuses découvertes de la science moderne qui ont inspiré l'admirable *Eureka.* En allant d'un essai à l'autre, le lecteur sera émerveillé de l'étonnante souplesse avec laquelle l'auteur sait passer de l'examen des problèmes les plus ardus des sciences physiques ou morales à la critique légère des filous et des Reviewers, ou à la charge épique d'un dandy français ou d'un bas-bleu américain.

A y regarder de près, il y a plus de philosophie dans un conte de Poe que dans les gros livres de nos métaphysiciens.

F. RABBE.

LE DUC DE L'OMELETTE

«Il arriva enfin dans un climat plus frais.»

COWPER.

Keats est mort d'une critique. Qui donc mourut de l'*Andromaque*[1]? Ames pusillanimes! De l'Omelette mourut d'un ortolan. *L'histoire en est brève*[2]. Assiste-moi, Esprit d'Apicius!

Une cage d'or apporta le petit vagabond ailé, indolent, languissant, énamouré, du lointain Pérou, sa demeure, à la Chaussée d'Antin. De la part de sa royale maîtresse la Bellissima, six Pairs de l'Empire apportèrent au duc de l'Omelette l'heureux oiseau.

Ce soir-là, le duc va souper seul. Dans le secret de son cabinet, il repose languissamment sur cette ottomane pour laquelle il a sacrifié sa loyauté en enchérissant sur son roi,—la fameuse ottomane de Cadet.

Il ensevelit sa tête dans le coussin. L'horloge sonne! Incapable de réprimer ses sentiments, Sa Grâce avale une olive. Au même moment, la porte s'ouvre doucement au son d'une suave musique, et!… le plus délicat des oiseaux se trouve en face du plus énamouré des hommes! Mais quel malaise inexprimable jette soudain son ombre sur le visage du Duc?—«_Horreur!—Chien! Baptiste!—l'oiseau! ah, bon Dieu! cet oiseau modeste que tu as déshabillé de ses plumes, et que tu as servi sans papier!»

Inutile d'en dire davantage—Le Duc expire dans le paroxisme du dégoût….

* * * * *

«Ha! ha! ha!» dit sa Grâce le troisième jour après son décès.

«Hé! hé! hé!» répliqua tout doucement le Diable en se renversant avec un air de hauteur.

«Non, vraiment, vous n'êtes pas sérieux!» riposta De l'Omelette. «J'ai péché—*c'est vrai*—mais, mon bon monsieur, considérez la chose!—Vous n'avez pas sans doute l'intention de mettre actuellement à exécution de si.... de si barbares menaces.»

«Pourquoi pas?» dit sa Majesté—«Allons, monsieur, déshabillez-vous.»

«Me déshabiller?—Ce serait vraiment du joli, ma foi!—Non, monsieur, je ne me déshabillerai pas. Qui êtes-vous, je vous prie, pour que moi, Duc de l'Omelette, Prince de Foie-gras, qui viens d'atteindre ma majorité, moi, l'auteur de la Mazurkiade, et Membre de l'Académie, je doive me dévêtir à votre ordre des plus suaves pantalons qu'ait jamais confectionnés Bourdon, de la plus délicieuse robe de chambre qu'ait jamais composée Rombert—pour ne rien dire de ma chevelure qu'il faudrait dépouiller de ses papillotes, ni de la peine que j'aurais à ôter mes gants?»

«Qui je suis?» dit sa Majesté. —«Ah! vraiment! Je suis Baal-Zebub, prince de la Mouche. Je viens à l'instant de te tirer d'un cercueil en bois de rose incrusté d'ivoire. Tu étais bien curieusement embaumé, et étiqueté comme un effet de commerce. C'est Bélial qui t'a envoyé—Bélial, mon Inspecteur des Cimetières. Les pantalons, que tu prétends confectionnés par Bourdon, sont une excellente paire de caleçons de toile, et ta robe de chambre est un linceul d'assez belle dimension.»

«Monsieur!» répliqua le Duc, «je ne me laisserai pas insulter impunément!—Monsieur! à la première occasion je me vengerai de cet outrage!—Monsieur! vous entendrez parler de moi! En attendant *au revoir!*»—et le Duc en s'inclinant allait prendre congé de sa Satanique Majesté, quand il fut arrêté au passage par un valet de chambre qui le fit rétrograder. Là-dessus, sa Grâce se frotta les yeux, bâilla, haussa les épaules, et réfléchit. Après avoir constaté avec satisfaction son identité, elle jeta un coup d'oeil sur son entourage.

L'appartement était superbe. De l'Omelette ne put s'empêcher de déclarer qu'il était *bien comme il faut*. Ce n'était ni sa longueur, ni sa largeur—mais sa hauteur!—ah! c'était quelque chose d'effrayant!—Il n'y avait pas de plafond—pas l'ombre d'un plafond—mais une masse épaisse de nuages couleur de feu qui tournoyaient. Pendant que sa Grâce regardait en l'air, la tête lui tourna. D'en haut pendait une chaîne d'un métal inconnu, rouge-sang, dont l'extrémité supérieure se perdait, comme la ville de Boston, *parmi les nues.* A son extrémité inférieure, se balançait un large fanal. Le Duc le prit pour un rubis; mais ce rubis versait une lumière si intense, si immobile, si terrible! une lumière telle que la Perse n'en avait jamais adoré—que le Guèbre n'en avait jamais imaginé—que le Musulman n'en avait jamais rêvé—quand, saturé d'opium, il se dirigeait en chancelant vers son lit de pavots, s'étendait le dos sur les fleurs, et la face tournée vers le Dieu Apollon. Le Duc murmura un léger juron, décidément approbateur.

Les coins de la chambre s'arrondissaient en niches. Trois de ces niches étaient remplies par des statues de proportions gigantesques. Grecques par leur beauté, Egyptiennes par leur difformité, elles formaient un *ensemble* bien français. Dans la quatrième niche, la statue était voilée; elle n'était pas colossale. Elle avait une cheville effilée, des sandales aux pieds. De l'Omelette mit sa main sur son coeur, ferma les yeux, les leva, et poussa du coude sa Majesté Satanique—en rougissant.

Mais les peintures!—Cypris! Astarté! Astoreth! elles étaient mille et toujours la même! Et Raphaël les avait vues! Oui, Raphaël avait passé par là; car n'avait-il pas peint la—-? et par conséquent n'était-il pas damné?—Les peintures! Les peintures! O luxure! O amour!—Qui donc, à la vue de ces beautés défendues, pourrait avoir des yeux pour les délicates devises des cadres d'or qui étoilaient les murs d'hyacinthe et de porphyre?

Mais le Duc sent défaillir son coeur. Ce n'est pas, comme on pourrait le supposer, la magnificence qui lui donne le vertige; il n'est point ivre des exhalaisons extatiques de ces innombrables encensoirs. *Il est vrai que tout cela lui a donné à penser—mais!* Le Duc de l'Omelette est frappé de terreur; car, à travers la lugubre perspective que lui ouvre une seule fenêtre sans rideaux, là! flamboie la lueur du plus spectral de tous les feux!

Le pauvre Duc! Il ne put s'empêcher de reconnaître que les glorieuses, voluptueuses et éternelles mélodies qui envahissaient la salle, transformées en passant à travers l'alchimie de la fenêtre enchantée, n'étaient que les plaintes et les hurlements des désespérés et des damnés! Et là! oui, là! sur cette ottomane! — qui donc pouvait-ce être? — lui, le *petit-maître* — non, la Divinité! — assise et comme sculptée dans le marbre, et *qui sourit* avec sa figure pâle si *amèrement!*

Mais il faut agir — c'est-à-dire, un Français ne perd jamais complètement la tête. Et puis, sa Grâce avait horreur des scènes. De l'Omelette redevient lui-même. Il y avait sur une table plusieurs fleurets et quelques épées. Le Duc a étudié l'escrime sous B.....—*Il avait tué ses six hommes.* Le voilà sauvé. Il mesure deux épées, et avec une grâce inimitable, il offre le choix à sa Majesté. — Horreur! sa Majesté ne fait pas d'armes!

Mais elle joue? Quelle heureuse idée! Sa Grâce a toujours une excellente mémoire. Il a étudié à fond le «Diable» de l'abbé Gaultier. Or il y est dit *«que le Diable n'ose pas refuser une partie d'écarté.»*

Oui, mais les chances! les chances! — Désespérées, sans doute; mais à peine plus désespérées que le Duc. Et puis, n'était-il pas dans le secret? N'avait-il pas écrémé le père Le Brun? N'était-il pas membre du Club Vingt-un? *«Si je perds*, se dit-il, *je serai deux fois perdu* — je serai deux fois damné — *voilà tout!* (Ici sa Grâce haussa les épaules). *Si je gagne, je retournerai à mes ortolans — que les cartes soient préparées!»*

Sa Grâce était tout soin, tout attention — sa Majesté tout abandon. A les voir, on les eût pris pour François et Charles. Sa Grâce ne pensait qu'à son jeu; sa Majesté ne pensait pas du tout. Elle battit; le Duc coupa.

Les cartes sont données. L'atout est tourné; — c'est — c'est — le Roi! Non — c'était la Reine. Sa Majesté maudit son costume masculin. De l'Omelette mit sa main sur son coeur.

Ils jouent. Le Duc compte. Il n'est pas à son aise. Sa Majesté compte lourdement, sourit et prend un coup de vin. Le Duc escamote une carte.

«C'est à vous à faire», dit sa Majesté, coupant. Sa Grâce s'incline, donne les cartes et se lève de table *en présentant le Roi.*

Sa Majesté parut chagrinée.

Si Alexandre n'avait pas été Alexandre, il eût voulu être Diogène. Le Duc, en prenant congé de son adversaire, lui assura *«que s'il n'avait pas été De l'Omelette, il eût volontiers consenti à être le Diable.»*

LE MILLE ET DEUXIÈME CONTE DE SCHÉHÉRAZADE

«La vérité est plus étrange que la fiction.» (Vieux dicton.)

J'eus dernièrement l'occasion dans le cours de mes recherches Orientales, de consulter le *Tellmenow Isitsoornot*, ouvrage à peu près aussi inconnu, même en Europe, que le *Zohar* de Siméon Jochaïdes, et qui, à ma connaissance, n'a jamais été cité par aucun auteur américain, excepté peut-être par l'auteur des *Curiosités de la Littérature américaine*. En parcourant quelques pages de ce très remarquable ouvrage, je ne fus pas peu étonné d'y découvrir que jusqu'ici le monde littéraire avait été dans la plus étrange erreur touchant la destinée de la fille du vizir, Schéhérazade, telle qu'elle est exposée dans les *Nuits Arabes*, et que le *dénoûment*, s'il ne manque pas totalement d'exactitude dans ce qu'il raconte, a au moins le grand tort de ne pas aller beaucoup plus loin.

Le lecteur, curieux d'être pleinement informé sur cet intéressant sujet, devra recourir à l'*Isitsoornot* lui-même; mais on me pardonnera de donner un sommaire de ce que j'y ai découvert.

On se rappellera que, d'après la version ordinaire des *Nuits Arabes*, un certain monarque, ayant d'excellentes raisons d'être jaloux de la reine son épouse, non seulement la met à mort, mais jure par sa barbe et par le prophète d'épouser chaque nuit la plus belle vierge de son royaume, et de la livrer le lendemain matin à l'exécuteur.

Après avoir pendant plusieurs années accompli ce voeu à la lettre, avec une religieuse ponctualité et une régularité méthodique, qui lui valurent une grande réputation d'homme pieux et d'excellent sens, une après-midi il fut interrompu (sans doute dans ses prières) par la visite de son grand vizir, dont la fille, paraît-il, avait eu une idée.

Elle s'appelait Schéhérazade, et il lui était venu en idée de délivrer le pays de cette taxe sur la beauté qui le dépeuplait, ou, à l'instar de toutes les héroïnes, de périr elle-même à la tâche.

En conséquence, et quoique ce ne fût pas une année bissextile (ce qui rend le sacrifice plus méritoire), elle députa son père, grand vizir, au roi, pour lui faire l'offre de sa main. Le roi l'accepta avec empressement: (il se proposait bien d'y venir tôt ou tard, et il ne remettait de jour en jour que par crainte du vizir) mais tout en l'acceptant, il eut soin de faire bien comprendre aux intéressés, que, pour grand vizir ou non, il n'avait pas la moindre intention de renoncer à un iota de son voeu ou de ses privilèges. Lors donc que la belle Schéhérazade insista pour épouser le roi, et l'épousa réellement en dépit des excellents avis de son père, quand, dis-je, elle l'épousa bon gré mal gré, ce fut avec ses beaux yeux noirs aussi ouverts que le permettait la nature des circonstances.

Mais, paraît-il, cette astucieuse demoiselle (sans aucun doute elle avait lu Machiavel) avait conçu un petit plan fort ingénieux.

La nuit du mariage, je ne sais plus sous quel spécieux prétexte, elle obtint que sa soeur occuperait une couche assez rapprochée de celle du couple royal pour permettre de converser facilement de lit à lit; et quelque temps avant le chant du coq elle eut soin de réveiller le bon monarque, son mari (qui du reste n'était pas mal disposé à son endroit, quoiqu'il songeât à lui tordre le cou au matin)—elle parvint, dis-je, à le réveiller (bien que, grâce à une parfaite conscience et à une digestion facile, il fût profondément endormi) par le vif intérêt d'une histoire (sur un rat et un chat noir, je crois), qu'elle racontait à voix basse, bien entendu à sa soeur. Quand le jour parut, il arriva que cette histoire n'était pas tout à fait terminée, et que Schéhérazade naturellement ne pouvait pas l'achever, puisque, le moment était venu de se lever pour être étranglée—ce qui n'est guère plus plaisant que d'être pendu, quoique un tantinet plus galant.

Cependant la curiosité du roi, plus forte (je regrette de le dire) que ses excellents principes religieux mêmes, lui fit pour cette fois remettre l'exécution de son serment jusqu'au lendemain matin, dans l'espérance d'entendre la nuit suivante comment finirait l'histoire du chat noir (oui, je crois que c'était un chat noir) et du rat.

La nuit venue, madame Schéhérazade non seulement termina l'histoire du chat noir et du rat (le rat était bleu), mais sans savoir au juste où elle en était, se trouva profondément engagée dans un récit fort compliqué où il était question (si je ne me trompe) d'un cheval rose (avec des ailes vertes), qui donnant tête baissée dans un mouvement d'horlogerie, fut blessé par une clef indigo. Cette histoire intéressa le roi plus vivement encore que la précédente; et le jour ayant paru avant qu'elle fût terminée (malgré tous les efforts de la reine pour la finir à temps) il fallut encore remettre la cérémonie à vingt-quatre heures. La nuit suivante, même accident et même résultat, puis l'autre nuit, et l'autre encore;—si bien que le bon monarque, se voyant dans l'impossibilité de remplir son serment pendant une période d'au moins mille et une nuits, ou bien finit par l'oublier tout à fait, ou se fit relever régulièrement de son voeu, ou (ce qui est plus probable) l'enfreignit brusquement, en cassant la tête à son confesseur. Quoi qu'il en soit, Schéhérazade, qui, descendant d'Eve en droite ligne, avait hérité peut-être des sept paniers de bavardage que cette dernière, comme personne ne l'ignore, ramassa sous les arbres du jardin d'Eden, Schéhérazade, dis-je, finit par triompher, et l'impôt sur la beauté fut aboli.

Or cette conclusion (celle de l'histoire traditionnelle) est, sans doute, fort convenable et fort plaisante: mais, hélas! comme la plupart des choses plaisantes, plus plaisante que vraie; et c'est à l'Isitsoornot que je dois de pouvoir corriger cette erreur. «Le mieux», dit un Proverbe français, «est l'ennemi du bien»; et en rappelant que Schéhérazade avait hérité des sept paniers de bavardage, j'aurais dû ajouter qu'elle sut si bien les faire valoir, qu'ils montèrent bientôt à soixante-dix-sept.

«Ma chère soeur,» dit-elle à la mille et deuxième nuit, (je cite ici littéralement le texte de l'Isitsoornot) «ma chère soeur, maintenant qu'il n'est plus question de ce petit inconvénient de la strangulation, et que cet odieux impôt est si heureusement aboli, j'ai à me reprocher d'avoir commis une grave indiscrétion, en vous frustrant vous et le roi (je suis fâchée de le dire, mais le voilà qui ronfle — ce que ne devrait pas se permettre un gentilhomme) de la fin de l'histoire de Sinbad le marin. Ce personnage eut encore beaucoup d'autres aventures intéressantes; mais la vérité est que je tombais de sommeil la nuit où je vous les racontais, et qu'ainsi je dus interrompre brusquement ma narration — grave faute qu'Allah, j'espère, voudra bien me pardonner. Cependant il est encore temps de réparer ma coupable négligence, et aussitôt que j'aurai pincé une ou deux fois le roi de manière à le réveiller assez pour l'empêcher de faire cet horrible bruit, je vous régalerai vous et lui (s'il le veut bien) de la suite de cette très remarquable histoire.»

Ici la soeur de Schéhérazade, ainsi que le remarque l'Isitsoornot, ne témoigna pas une bien vive satisfaction; mais quand le roi, suffisamment pincé, eut fini de ronfler, et eut poussé un «Hum!» puis un «Hoo!» — mots arabes sans doute, qui donnèrent à entendre à la reine qu'il était tout oreilles, et allait faire de son mieux pour ne plus ronfler, — la reine, dis-je, voyant les choses s'arranger à sa grande satisfaction, reprit la suite de l'histoire de Sinbad le marin:

«Sur mes vieux ans,» (ce sont les paroles de Sinbad lui-même, telles qu'elles sont rapportées par Schéhérazade) «après plusieurs années de repos dans mon pays, je me sentis de nouveau possédé du désir de visiter des contrées étrangères; et un jour, sans m'ouvrir de mon dessein à personne de ma famille, je fis quelques ballots des marchandises les plus précieuses et les moins embarrassantes, je louai un crocheteur pour les porter, et j'allai avec lui sur le bord de la mer attendre l'arrivée d'un vaisseau de hasard qui pût me transporter dans quelque région que je n'aurais pas encore explorée.

»Après avoir déposé les ballots sur le sable, nous nous assîmes sous un bouquet d'arbres et regardâmes au loin sur l'océan, dans l'espoir de découvrir un vaisseau; mais nous passâmes plusieurs heures sans rien apercevoir. A la fin, il me sembla entendre comme un bourdonnement ou un grondement lointain, et le crocheteur, après avoir longtemps prêté l'oreille, déclara qu'il l'entendait aussi. Peu à peu le bruit devint de plus en plus fort, et ne nous permit plus de douter que l'objet qui le causait s'approchât de nous. Nous finîmes par apercevoir sur le bord de l'horizon un point noir, qui grandit rapidement; nous découvrîmes bientôt que c'était un monstre gigantesque, nageant, la plus grande partie de son corps flottant au-dessus de la surface de la mer. Il venait de notre côté avec une inconcevable rapidité, soulevant autour de sa poitrine d'énormes vagues d'écume et illuminant toute la partie de la mer qu'il traversait d'une longue traînée de feu.

»Quand il fut près de nous, nous pûmes le voir fort distinctement. Sa longueur égalait celle des plus hauts arbres, et il était aussi large que la grande salle d'audience de votre palais, ô le plus sublime et le plus magnifique des califes! Son corps, tout à fait différent de celui des poissons ordinaires, était aussi dur qu'un roc, et toute la partie qui flottait au-dessus de l'eau était d'un noir de jais, à l'exception d'une étroite bande de couleur rouge-sang qui lui formait une ceinture. Le ventre qui flottait sous l'eau, et que nous ne pouvions qu'entrevoir de temps en temps, quand le monstre s'élevait ou descendait avec les vagues, était entièrement couvert d'écailles métalliques, d'une couleur semblable à celle de la lune par un ciel brumeux. Le dos était plat et presque blanc, et donnait naissance à plus de six vertèbres formant à peu près la moitié de la longueur totale du corps.

»Cette horrible créature n'avait pas de bouche visible; mais, comme pour compenser cette défectuosité, elle était pourvue d'au moins quatre-vingts yeux, sortant de leurs orbites comme ceux de la demoiselle verte, alignés tout autour de la bête en deux rangées l'une au-dessus de l'autre, et parallèles à la bande rouge-sang, qui semblait jouer le rôle d'un sourcil. Deux ou trois de ces terribles yeux étaient plus larges que les autres, et avaient l'aspect de l'or massif.

»Le mouvement extrêmement rapide avec lequel cette bête s'approchait de nous devait être entièrement l'effet de la sorcellerie — car elle n'avait ni nageoires comme les poissons, ni palmures comme les canards, ni ailes comme la coquille de mer, qui flotte à la manière d'un vaisseau: elle ne se tordait pas non plus comme font les anguilles. Sa tête et sa queue étaient de forme parfaitement semblable, sinon que près de la dernière se trouvaient deux petits trous qui servaient de narines, et par lesquels le monstre soufflait son épaisse haleine avec une force prodigieuse et un vacarme fort désagréable.

»La vue de cette hideuse bête nous causa une grande terreur; mais notre étonnement fut encore plus grand que notre peur, quand, la considérant de plus près, nous aperçûmes sur son dos une multitude d'animaux à peu près de la taille et de la forme humaines, et ressemblant parfaitement à des hommes, sinon qu'ils ne portaient pas (comme les hommes) des vêtements, la nature, sans doute, les ayant pourvus d'une espèce d'accoutrement laid et incommode, qui s'ajustait si étroitement à la peau qu'il rendait ces pauvres malheureux ridiculement gauches, et semblait les mettre à la torture. Le sommet de leurs têtes était surmonté d'une espèce de boîtes carrées; à première vue je les pris pour des turbans, mais je découvris bientôt qu'elles étaient extrêmement lourdes et massives, d'où je conclus qu'elles étaient destinées, par leur grand poids, à maintenir les têtes de ces animaux fermes et solides sur leurs épaules. Autour de leurs cous étaient attachés des colliers noirs (signes de servitude sans doute) semblables à ceux de nos chiens, seulement beaucoup plus larges et infiniment plus raides—de telle sorte qu'il était tout à fait impossible à ces pauvres victimes de mouvoir leurs têtes dans une direction quelconque sans mouvoir le corps en même temps; ils étaient ainsi condamnés à la contemplation perpétuelle de leurs nez,—contemplation prodigieusement, sinon désespérément bornée et abrutissante.

»Quand le monstre eut presque atteint le rivage où nous étions, il projeta tout à coup un de ses yeux à une grande distance, et en fit sortir un terrible jet de feu, accompagné d'un épais nuage de fumée, et d'un fracas que je ne puis comparer qu'au tonnerre. Lorsque la fumée se fut dissipée, nous vîmes un de ces singuliers animaux-hommes debout près de la tête de l'énorme bête, une trompette à la main; il la porta à sa bouche et en émit à notre adresse des accents retentissants, durs et désagréables que nous aurions pu prendre pour un langage articulé, s'ils n'étaient pas entièrement sortis du nez.

»Comme c'était évidemment à moi qu'il s'adressait, je fus fort embarrassé pour répondre, n'ayant pu comprendre un traître mot de ce qui avait été dit. Dans cet embarras, je me tournai du côté du crocheteur, qui s'évanouissait de peur près de moi, et je lui demandai son opinion sur l'espèce de monstre à qui nous avions affaire, sur ce qu'il voulait, et sur ces créatures qui fourmillaient sur son dos. A quoi le crocheteur répondit, aussi bien que le lui permettait sa frayeur, qu'il avait en effet entendu parler de ce monstre marin; que c'était un cruel démon, aux entrailles de soufre, et au sang de feu, créé par de mauvais génies pour faire du mal à l'humanité; que ces créatures qui fourmillaient sur son dos étaient une vermine, semblable à celle qui quelquefois tourmente les chats et les chiens, mais un peu plus grosse et plus sauvage; que cette vermine avait son utilité, toute pernicieuse, il est vrai: la torture que causaient à la bête ses piqûres et ses morsures l'excitait à ce degré de fureur qui lui était nécessaire pour rugir et commettre le mal, et accomplir ainsi les desseins vindicatifs et cruels des mauvais génies.

»Ces explications me déterminèrent à prendre mes jambes à mon cou, et sans même regarder une fois derrière moi, je me mis à courir de toutes mes forces à travers les collines, tandis que le crocheteur se sauvait aussi vite dans une direction opposée, emportant avec lui mes ballots, dont il eut, sans doute, le plus grand soin: cependant je ne saurais rien assurer à ce sujet, car je ne me souviens pas de l'avoir jamais revu depuis.

»Quant à moi, je fus si chaudement poursuivi par un essaim des hommes-vermine (ils avaient gagné le rivage sur des barques) que je fus bientôt pris, et conduit pieds et poings liés, sur la bête, qui se remit immédiatement à nager au large.

»Je me repentis alors amèrement d'avoir fait la folie de quitter mon confortable logis pour exposer ma vie dans de pareilles aventures; mais le regret étant inutile, je m'arrangeai de mon mieux de la situation, et travaillai à m'assurer les bonnes grâces de l'animal à la trompette, qui semblait exercer une certaine autorité sur ses compagnons. J'y réussis si bien, qu'au bout de quelques jours il me donna plusieurs témoignages de sa faveur, et en vint à prendre la peine de m'enseigner les éléments de ce qu'il y avait une certaine outrecuidance à appeler son langage. Je finis par pouvoir converser facilement avec lui et lui faire comprendre l'ardent désir que j'avais de voir le monde.

»*Washish squashish squeak, Sinbad, hey-diddle diddle, grunt unt grumble, hiss, fiss, whiss,* me dit-il un jour après dîner—mais je vous demande mille pardons, j'oubliais que Votre Majesté n'est pas familiarisée avec le dialecte des *Coqs-hennissants* (ainsi s'appelaient les animaux-hommes; leur langage, comme je le présume, formant le lien entre la langue des chevaux et celle des coqs.) Avec votre permission, je traduirai: *Washish squashish* et le reste. Cela veut dire: «Je suis heureux, mon cher Sinbad, de voir que vous êtes un excellent garçon; nous sommes en ce moment en train de faire ce qu'on appelle le tour du globe; et puisque vous êtes si désireux de voir le monde, je veux faire un effort, et vous transporter gratis sur le dos de la bête.»

Quand Lady Schéhérazade en fut à ce point de son récit, dit l'Isitsoôrnot, le roi se retourna de son côté gauche sur son côté droit, et dit:

«Il est en effet fort étonnant, ma chère reine, que vous ayez omis jusqu'ici ces dernières aventures de Sinbad. Savez-vous que je les trouve excessivement curieuses et intéressantes?»

Sur quoi, la belle Schéhérazade continua son histoire en ces termes:

«Sinbad poursuit ainsi son récit:—Je remerciai l'homme-animal de sa bonté, et bientôt je me trouvai tout à fait chez moi sur la bête. Elle nageait avec une prodigieuse rapidité à travers l'Océan, dont la surface cependant, dans cette partie du monde, n'est pas du tout plate, mais ronde comme une grenade, de sorte que nous ne cessions, pour ainsi dire, de monter et de descendre.»

«Cela devait être fort singulier,» interrompit le roi.

«Et cependant rien n'est plus vrai,» répondit Schéhérazade.

«Il me reste quelques doutes,» répliqua le roi, «mais, je vous en prie, veuillez continuer votre histoire.»

«Volontiers» dit la reine. «La bête, poursuivit Sinbad, nageait donc, comme je l'ai dit, toujours montant et toujours descendant; nous arrivâmes enfin à une île de plusieurs centaines de milles de circonférence, qui cependant avait été bâtie au milieu de la mer par une colonie de petits animaux semblables à des chenilles[3].»

«Hum!» fit le roi.

«En quittant cette île,» continua Schéhérazade (sans faire attention bien entendu à cette éjaculation inconvenante de son mari) nous arrivâmes bientôt à une autre où les forêts étaient de pierre massive, et si dure qu'elles mirent en pièces les haches les mieux trempées avec lesquelles nous essayâmes de les abattre[4].

«Hum!» fit de nouveau le roi; mais Schéhérazade passa outre, et continua à faire parler Sinbad.

«Au delà de cette île, nous atteignîmes une contrée où il y avait une caverne qui s'étendait à la distance de trente ou quarante milles dans les entrailles de la terre, et qui contenait des palais plus nombreux, plus spacieux et plus magnifiques que tous ceux de Damas ou de Bagdad. A la voûte de ces palais étaient suspendues des myriades de gemmes, semblables à des diamants, mais plus grosses que des hommes, et au milieu des rues formées de tours, de pyramides et de temples, coulaient d'immenses rivières aussi noires que l'ébène, et où pullulaient des poissons sans yeux.[5]»

«Hum!» fit le roi.

«Nous parvînmes ensuite à une région où nous trouvâmes une autre montagne; au bas de ses flancs coulaient des torrents de métal fondu, dont quelques-uns avaient douze milles de large et soixante milles de long[6]; d'un abîme creusé au sommet sortait une si énorme quantité de cendres que le soleil en était entièrement éclipsé et qu'il régnait une obscurité plus profonde que la nuit la plus épaisse, si bien que même à une distance de cent cinquante milles de la montagne, il nous était impossible de distinguer l'objet le plus blanc, quelque rapproché qu'il fût de nos yeux[7].

«Hum!» fit le roi.

«Après avoir quitté cette côte, nous rencontrâmes un pays où la nature des choses semblait renversée—nous y vîmes un grand lac, au fond duquel, à plus de cent pieds au-dessous de la surface de l'eau, poussait en plein feuillage une forêt de grands arbres florissants[8].»

«Hoo!» dit le roi.

«A quelque cent milles plus loin, nous entrâmes dans un climat où l'atmosphère était si dense que le fer ou l'acier pouvaient s'y soutenir absolument comme des plumes dans la nôtre[9].»

«Balivernes!» dit le roi.

«Suivant toujours la même direction, nous arrivâmes à la plus magnifique région du monde. Elle était arrosée des méandres d'une glorieuse rivière sur une étendue de plusieurs milliers de milles. Cette rivière était d'une profondeur indescriptible, et d'une transparence plus merveilleuse que celle de l'ambre. Elle avait de trois à six milles de large, et ses berges qui s'élevaient de chaque côté à une hauteur perpendiculaire de douze cents pieds étaient couronnées d'arbres toujours verdoyants et de fleurs perpétuelles au suave parfum qui faisaient de ces lieux un somptueux jardin; mais cette terre plantureuse s'appelait le royaume de l'Horreur, et on ne pouvait y entrer sans y trouver la mort[10].»

«Ouf!» dit le roi.

«Nous quittâmes ce royaume en toute hâte, et quelques jours après, nous arrivâmes à d'autres bords, où nous fûmes fort étonnés de voir des myriades d'animaux monstrueux portant sur leurs têtes des cornes qui ressemblaient à des faux. Ces hideuses bêtes se creusent de vastes cavernes dans le sol en forme d'entonnoir, et en entourent l'entrée d'une ligne de rocs entassés l'un sur l'autre de telle sorte qu'ils ne peuvent manquer de tomber instantanément, quand d'autres animaux s'y aventurent; ceux-ci se trouvent ainsi précipités dans le repaire du monstre, où leur sang est immédiatement sucé, après quoi leur carcasse est dédaigneusement lancée à une immense distance de la «caverne de la mort[11].»

«Peuh!» dit le roi.

«Continuant notre chemin, nous vîmes un district abondant en végétaux, qui ne poussaient pas sur le sol, mais dans l'air[12]. Il y en avait qui naissaient de la substance d'autres végétaux[13]; et d'autres qui empruntaient leur propre substance aux corps d'animaux vivants[14]. Puis d'autres encore tout luisants d'un feu intense[15]; d'autres qui changeaient de place à leur gré[16]; mais, chose bien plus merveilleuse encore, nous découvrîmes des fleurs qui vivaient, respiraient et agitaient leurs membres à volonté, et qui, bien plus, avaient la détestable passion de l'humanité pour asservir d'autres créatures, et les confiner dans d'horribles et solitaires prisons jusqu'à ce qu'elles eussent rempli une tâche fixée[17].»

«Bah!» dit le roi.

«Après avoir quitté ce pays, nous arrivâmes bientôt à un autre, où les oiseaux ont une telle science et un tel génie en mathématiques, qu'ils donnent tous les jours des leçons de géométrie aux hommes les plus sages de l'empire. Le roi ayant offert une récompense pour la solution de deux problèmes très difficiles, ils furent immédiatement résolus—l'un, par les abeilles, et l'autre par les oiseaux; mais comme le roi garda ces solutions secrètes, ce ne fut qu'après les plus profondes et les plus laborieuses recherches, et une infinité de gros livres écrits pendant une longue série d'années, que les Mathématiciens arrivèrent enfin aux mêmes solutions qui avaient été improvisées par les abeilles et par les oiseaux[18].»

«Oh! oh!» dit le roi.

«A peine avions nous perdu de vue cette contrée, qu'une autre s'offrit à nos yeux. De ses bords s'étendit sur nos têtes un vol d'oiseaux d'un mille de large, et de deux cent quarante milles de long; si bien que tout en faisant un mille à chaque minute, il ne fallut pas à cette bande d'oiseaux moins de quatre heures pour passer au dessus de nous; il y avait bien plusieurs millions de millions d'oiseaux[19].

«Oh!» dit le roi.

«Nous n'étions pas plus tôt délivrés du grand ennui que nous causèrent ces oiseaux que nous fûmes terrifiés par l'apparition d'un oiseau d'une autre espèce, infiniment plus grand que les corbeaux que j'avais rencontrés dans mes premiers voyages; il était plus gros que le plus vaste des dômes de votre sérail, ô le plus magnifique des califes! Ce terrible oiseau n'avait pas de tête visible, il était entièrement composé de ventre, un ventre prodigieusement gras et rond, d'une substance molle, poli, brillant, et rayé de diverses couleurs. Dans ses serres le monstre portait à son aire dans les cieux une maison dont il avait fait sauter le toit, et dans l'intérieur de laquelle nous aperçûmes distinctement des êtres humains, en proie sans doute au plus affreux désespoir en face de l'horrible destin qui les attendait. Nous fimes tout le bruit possible dans l'espérance d'effrayer l'oiseau et de lui faire lâcher sa proie; mais il se contenta de pousser une espèce de ronflement de rage, et laissa tomber sur nos têtes un sac pesant que nous trouvâmes rempli de sable.»

«Sornettes!» dit le roi.

«Aussitôt après cette aventure, nous remontâmes un continent d'une immense étendue et d'une solidité prodigieuse, et qui cependant était entièrement porté sur le dos d'une vache bleu de ciel qui n'avait pas moins de quatre cents cornes[20].»

«Cela, je le crois,» dit le roi, «parce que j'ai lu quelque chose de semblable dans un livre.»

«Nous passâmes immédiatement sous ce continent (en nageant entre les jambes de la vache) et quelques heures après nous nous trouvâmes dans une merveilleuse contrée, et l'homme-animal m'informa que c'était son pays natal, habité par des êtres de son espèce. Cette révélation fit grandement monter l'homme-animal dans mon estime, et je commençai à éprouver quelque honte de la dédaigneuse familiarité avec laquelle je l'avais traité; car je découvris que les animaux-hommes étaient en général une nation de très puissants magiciens qui vivaient avec des vers dans leurs cervelles[21]; ces vers, sans doute, servaient à stimuler par leurs tortillements et leurs frétillements les plus miraculeux efforts de l'imagination.

«Balivernes!» dit le roi.

«Ces magiciens avaient apprivoisé plusieurs animaux de la plus singulière espèce; par exemple, il y avait un énorme cheval dont les os étaient de fer, et le sang de l'eau bouillante. En guise d'avoine, il se nourrissait habituellement de pierres noires; et cependant, en dépit d'un si dur régime, il était si fort et si rapide qu'il pouvait traîner un poids plus lourd que le plus grand temple de cette ville, et avec une vitesese surpassant celle du vol de la plupart des oiseaux[22].»

«Sornettes!» dit le roi.

«Je vis aussi chez ce peuple une poule sans plumes, mais plus grosse qu'un chameau; au lieu de chair et d'os elle était faite de fer et de brique: son sang, comme celui du cheval, (avec qui du reste elle avait beaucoup de rapport) était de l'eau bouillante, et comme lui elle ne mangeait que du bois ou des pierres noires. Cette poule produisait souvent une centaine de petits poulets dans un jour, et ceux-ci après leur naissance restaient plusieurs semaines dans l'estomac de leur mère[23].»

«Inepte!» dit le roi.

«Un des plus grands magiciens de cette nation inventa un homme composé de cuivre, de bois et de cuir, et le doua d'un génie tel qu'il aurait battu aux échecs toute la race humaine à l'exception du grand calife Haroun Al-Raschid[24]. Un autre construisit (avec les mêmes matériaux) une créature capable de faire rougir de honte le génie même de celui qui l'avait inventée; elle était douée d'une telle puissance de raisonnement, qu'en une seconde elle exécutait des calculs, qui auraient demandé les efforts combinés de cinquante mille hommes de chair et d'os pendant une année[25]. Un autre plus prodigieux encore s'était fabriqué une créature qui n'était ni homme ni bête, mais qui avait une cervelle de plomb mêlée d'une matière noire comme de la poix, et des doigts dont elle se servait avec une si grande rapidité et une si incroyable dextérité qu'elle aurait pu sans peine écrire douze cents copies du Coran en une heure; et cela avec une si exacte précision, qu'on n'aurait pu trouver entre toutes ces copies une différence de l'épaisseur du plus fin cheveu. Cette créature jouissait d'une force prodigieuse, au point d'élever ou de renverser de son souffle les plus puissants empires; mais ses forces s'exerçaient également pour le mal comme pour le bien.»

«Ridicule!» dit le roi.

«Parmi ces nécromanciens, il y en avait un qui avait dans ses veines le sang des salamandres; il ne se faisait aucun scrupule de s'asseoir et de fumer son chibouc dans un four tout rouge en attendant que son dîner y fût parfaitement cuit[26]. Un autre avait la faculté de changer les métaux vulgaires en or, sans même les surveiller pendant l'opération[27]. Un autre était doué d'une telle délicatesse du toucher, qu'il avait fait un fil de métal si fin qu'il était invisible[28]. Un autre avait une telle rapidité de perception qu'il pouvait compter les mouvements distincts d'un corps élastique vibrant avec la vitesse de neuf cents millions de vibrations en une seconde[29].»

«Absurde!» dit le roi.

«Un autre de ces magiciens, au moyen d'un fluide que personne n'a jamais vu, pouvait faire brandir les bras à ses amis, leur faire donner des coups de pied, les faire lutter, ou danser à sa volonté[30]. Un autre avait donné à sa voix une telle étendue qu'il pouvait se faire entendre d'un bout de la terre à l'autre[31]. Un autre avait un bras si long qu'il pouvait, assis à Damas, rédiger une lettre à Bagdad, ou à quelque distance que ce fût[32]. Un autre ordonnait à l'éclair de descendre du ciel, et l'éclair descendait à son ordre, et une fois descendu, lui servait de jouet. Un autre de deux sons retentissants réunis faisait un silence. Un autre avec deux lumières étincelantes produisait une profonde obscurité[33]. Un autre faisait de la glace dans une fournaise chauffée au rouge[34]. Un autre invitait le soleil à faire son portrait, et le soleil le faisait[35]. Un autre prenait cet astre avec la lune et les planètes, et après les avoir pesés avec un soin scrupuleux, sondait leurs profondeurs, et se rendait compte de la solidité de leur substance. Mais la nation tout entière est douée d'une si surprenante habileté en sorcellerie, que les enfants, les chats et les chiens eux-mêmes les plus ordinaires n'éprouvent aucune difficulté à percevoir des objets qui n'existent pas du tout, ou qui depuis vingt millions d'années avant la naissance de ce peuple ont disparu de la surface du monde[36].»

«Déraisonnable!» dit le roi.

«Les femmes et les filles de ces incomparables sages et sorciers», continua Schéhérazade, sans se laisser aucunement troubler par les fréquentes et inciviles interruptions de son mari, «les filles et les femmes de ces éminents magiciens sont tout ce qu'il y a d'accompli et de raffiné, et seraient ce qu'il y a de plus intéressant et de plus beau, sans une malheureuse fatalité qui pèse sur elles, et dont les pouvoirs miraculeux de leurs maris et de leurs pères n'ont pas été capables jusqu'ici de les préserver. Les fatalités prennent toutes sortes de formes différentes; celle dont je parle prit la forme d'un caprice.»

«Un quoi?» dit le roi.

«Un caprice,» dit Schéhérazade. «Un des mauvais génies, qui ne cherchent que l'occasion de faire du mal, leur mit dans la tête, à ces dames accomplies, que ce qui constitue la beauté personnelle consiste entièrement dans la protubérance de là région qui ne s'étend pas très loin au-dessous du dos. La perfection de la beauté, d'après elles, est en raison directe de l'étendue de cette protubérance. Cette idée leur trotta longtemps par la tête, et comme les coussins sont à bon marché dans ce pays, il ne fut bientôt plus possible de distinguer une femme d'un dromadaire.»

«Assez», dit le roi — «je n'en saurais entendre davantage. Vous m'ayez déjà donné un terrible mal de tête avec vos mensonges. Il me semble aussi que le jour commence à poindre. Depuis combien de temps sommes-nous mariés? — Ma conscience commence aussi à se sentir de nouveau troublée. Et puis cette allusion au dromadaire … me prenez-vous pour un imbécile? En résumé, il faut vous lever et vous laisser étrangler.»

Ces paroles, m'apprend l'Isitsoörnot, affligèrent et étonnèrent à la fois Schéhérazade. Mais comme elle savait que le roi était un homme d'une intégrité scrupuleuse et incapable de forfaire à sa parole, elle se soumit de bonne grâce à sa destinée. Elle trouva cependant (durant l'opération) une grande consolation dans la pensée que son histoire restait en grande partie inachevée, et que, par sa pétulance, sa brute de mari s'était justement puni lui-même en se privant du récit d'un grand nombre d'autres merveilleuses aventures.

MELLONTA TAUTA

(ce qui doit arriver)

A bord du Ballon l'Alouette,

1 avril, 2848.

Il faut aujourd'hui, mon cher ami, que vous subissiez, pour vos péchés, le supplice d'un long bavardage. Je vous déclare nettement que je vais vous punir de toutes vos impertinences, en me faisant aussi ennuyeux, aussi décousu, aussi incohérent, aussi insupportable que possible.

Me voilà donc encaqué dans un sale ballon, avec une centaine ou deux de passagers appartenant à la *canaille*, tous engagés dans une partie de plaisir (quelle bouffonne idée certaines gens se font du plaisir!) et ayant devant moi la perspective de ne pas toucher la *terre ferme* avant un mois au moins. Personne à qui parler. Rien à faire.

Or quand on n'a rien à faire, c'est le cas de correspondre avec ses amis. Vous comprenez donc le double motif pour lequel je vous écris cette lettre: — mon ennui et vos péchés.

Ajustez vos lunettes et préparez-vous à vous ennuyer. J'ai l'intention de vous écrire ainsi chaque jour pendant cet odieux voyage.

Mon Dieu! quand donc quelque nouvelle *Invention* germera-t-elle dans le péricrâne humain? Serons-nous donc éternellement condamnés aux mille inconvénients du ballon?

Personne ne trouvera donc un système de locomotion plus expéditif? Ce train de petit trot est, à mon avis, une véritable torture. Sur ma parole, depuis que nous sommes partis, nous n'avons pas fait plus de cent milles à l'heure. Les oiseaux mêmes nous battent, quelques-uns au moins. Je vous assure qu'il n'y a là aucune exagération. Notre mouvement, sans doute, semble plus lent qu'il n'est réellement — et cela, parce que nous n'avons autour de nous aucun point de comparaison qui puisse nous faire juger de notre rapidité, et que nous marchons avec le vent. Assurément, toutes les fois que nous rencontrons un autre ballon, nous avons alors quelque chance de nous rendre compte de notre vitesse, et je dois reconnaître qu'en somme cela ne va pas trop mal. Tout accoutumé que je suis à ce mode de voyage, je ne puis m'empêcher de ressentir une espèce de vertige, toutes les fois qu'un ballon nous devance en passant dans un courant directement au-dessus de notre tête. Il me semble toujours voir un immense oiseau de proie prêt à fondre sur nous et à nous emporter dans ses serres. Il en est venu un sur nous ce matin même au lever du soleil, et il rasa de si près le nôtre que sa corde-guide frôla le réseau auquel est suspendu notre char, et nous causa une sérieuse panique. Notre capitaine remarqua que si ce réseau avait été composé de cette vieille soie d'il y a cinq cents ou mille ans, nous aurions inévitablement souffert une avarie. Cette soie, comme il me l'a expliqué, était une étoffe fabriquée avec les entrailles d'une espèce de ver de terre. Ce ver était soigneusement nourri de mûres — une espèce de fruit ressemblant à un melon d'eau — et, quand il était suffisamment gras, on l'écrasait dans un moulin. La pâte qu'il formait alors était appelée dans son état primitif *papyrus*, et elle devait passer par une foule de préparations diverses pour devenir finalement de la *soie*. Chose singulière! cette soie était autrefois fort prisée comme article de *toilette de femmes*! Généralement elle servait aussi à construire les ballons. Il paraît qu'on trouva dans la suite une meilleure espèce de matière dans l'enveloppe inférieure du péricarpe d'une plante vulgairement appelée *euphorbium*, et connue aujourd'hui en botanique sous le nom d'herbe de lait. On appela cette dernière espèce de soie *soie-buckingham*, à cause de sa durée exceptionnelle, et on la rendait prête à l'usage en la vernissant d'une solution de gomme de caoutchouc—substance qui devait ressembler sous beaucoup de rapports à la *gutta percha*, ordinairement employée aujourd'hui. Ce caoutchouc était quelquefois appelé gomme arabique indienne ou gomme de whist, et appartenait sans doute à la nombreuse famille des *fungi*. Vous ne me direz plus maintenant que je ne suis pas un zélé et profond antiquaire.

A propos de cordes-guides, la nôtre, paraît-il, vient de renverser par dessus bord un homme d'un de ces petits bateaux électriques qui pullulent au dessous de nous dans l'océan—un bateau d'environ 600 tonnes, et, d'après ce qu'on dit, scandaleusement chargé. Il devrait être interdit à ces diminutifs de barques de transporter plus d'un nombre déterminé de passagers. On ne laissa pas l'homme remonter à bord, et il fut bientôt perdu de vue avec son sauveur. Je me félicite, mon cher ami, de vivre dans un temps assez éclairé pour qu'un simple individu ne compte pas comme existence. Il n'y a que la masse dont la véritable Humanité doive se soucier. En parlant d'Humanité, savez-vous que notre immortel Wiggins n'est pas aussi original dans ses vues sur la condition sociale et le reste, que ses contemporains sont disposés à le croire? Pundit m'assure que les mêmes idées ont été émises presque dans les mêmes termes il y a à peu près mille ans, par un philosophe irlandais nommé Fourrier, dans l'intérêt d'une boutique de détail pour peaux de chat et autres fourrures. Pundit est *savant*, vous le savez; il ne peut y avoir d'erreur à ce sujet. Qu'il est merveilleux de voir se réaliser tous les jours la profonde observation de l'Indou Aries Tottle (citée par Pundit):—«Il faut reconnaître que ce n'est pas une ou deux fois, mais à l'infini que les mêmes opinions reviennent en tournant toujours dans le même cercle parmi les hommes.»

2 avril.—Parlé aujourd'hui du cutter électrique chargé de la section moyenne des fils télégraphiques flottants. J'apprends que lorsque cette espèce de télégraphe fut essayée pour la première fois par Horse, on regardait comme tout à fait impossible de conduire les fils sous la mer; aujourd'hui nous avons peine à comprendre où l'on pouvait voir une difficulté! Ainsi marche le monde. *Tempora mutantur* — vous m'excuserez de vous citer de l'Étrusque. Que *ferions-nous* sans le télégraphe Atlantique? (Pundit prétend qu'Atlantique est l'ancien adjectif). Nous nous arrêtâmes quelques minutes pour adresser au cutter quelques questions, et nous apprîmes, entre autres glorieuses nouvelles, que la guerre civile sévit en Afrique, tandis que la peste travaille admirablement tant en Europe qu'en Ayesher. N'est-il pas vraiment remarquable qu'avant les merveilleuses lumières versées par l'Humanité sur la philosophie, le monde ait été habitué à considérer la guerre et la peste comme des calamités? Savez-vous qu'on adressait des prières dans les anciens temples dans le but d'écarter ces *maux* (!) de l'humanité? N'est-il pas vraiment difficile de s'imaginer quel principe d'intérêt dirigeait nos ancêtres dans leur conduite? Etaient-ils donc assez aveugles pour ne pas comprendre que la destruction d'une myriade d'individus n'est qu'un avantage positif proportionnel pour la masse?

3 avril. — Rien de plus amusant que de monter l'échelle de corde qui conduit au sommet du ballon, et de contempler de là le monde environnant. Du char au-dessous vous savez que la vue n'est pas si étendue — on ne peut guère regarder verticalement. Mais de cette place (où je vous écris) assis sur les somptueux coussins de la salle ouverte au sommet, on peut tout voir dans toutes les directions. En ce moment il y a en vue une multitude de ballons, qui présentent un tableau très animé, pendant que l'air retentit du bruit de plusieurs millions de voix humaines. J'ai entendu affirmer que lorsque Jaune ou (comme le veut Pundit) Violet, le premier aéronaute, dit-on, soutint qu'il était pratiquement possible de traverser l'atmosphère dans toutes les directions, et qu'il suffisait pour cela de monter et de descendre jusqu'à ce qu'on eût atteint un courant favorable, c'est à peine si ses contemporains voulurent l'entendre, et qu'ils le regardèrent tout simplement comme une sorte de fou ingénieux, les philosophes (!) du jour déclarant que la chose était impossible. Il me semble aujourd'hui *tout à fait* inexplicable qu'une chose aussi simple et aussi pratique ait pu échapper à la sagacité des anciens *savants*. Mais dans tous les temps, les plus grands obstacles au progrès de l'art sont venus des prétendus hommes de science. Assurément, *nos hommes de science* ne sont pas tout à fait aussi bigots que ceux d'autrefois; — et à ce sujet j'ai à vous raconter quelque chose de bien drôle. Savez-vous qu'il n'y a pas plus de mille ans que les métaphysiciens consentirent à faire revenir les gens de cette singulière idée, qu'il n'existait que *deux routes possibles pour atteindre à la vérité*? Croyez-le si vous pouvez! Il paraît qu'il y a longtemps, bien longtemps, dans la nuit des âges, vivait un philosophe turc (ou peut-être Indou) appelé Aries Tottle[37]. Ce philosophe introduisit, ou tout au moins propagea ce qu'on appelait la méthode d'investigation déductive ou *à priori*. Il partait de principes qu'il regardait comme des axiomes ou *vérités évidentes* par elles-mêmes, et descendait *logiquement* aux conséquences. Ses plus grands disciples furent un nommé Neuclid[38] et un nommé Cant[39]. Cet Aries Tottle fleurit sans rival jusqu'à l'apparition d'un certain Hogg[40], surnommé le *Berger d'Ettrick*, qui prêcha un système complètement différent, que l'on appela la méthode *à posteriori* ou méthode inductive. Tout son système se réduisait à la sensation. Il procédait par l'observation, l'analyse et la classification des faits — *instantiae naturae* (phénomènes naturels), comme on affectait de les nommer, ramenés ensuite à des lois générales. La méthode d'Aries Tottle, en un mot, était basée sur les *noumènes*; celle de Hogg sur les *phénomènes*. L'admiration excitée par ce dernier système fut si grande, qu'à sa première apparition, Aries Tottle tomba en discrédit; mais il finit par recouvrer du terrain, et on lui permit de partager le royaume de la vérité avec son rival plus moderne. Dès lors les *savants* soutinrent que les méthodes Aristotélicienne et *Baconienne* étaient les seules voies qui conduisaient à la science. Le mot *Baconienne*, vous devez le savoir, fut un adjectif inventé comme équivalent à *Hoggienne*, comme plus euphonique et plus noble.

Ce que je vous dis là, mon cher ami, est la fidèle expression du fait et s'appuie sur les plus solides autorités; vous pouvez donc vous imaginer combien une opinion aussi absurde au fond a dû contribuer à retarder le progrès de toute vraie science qui ne marche guère que par bonds intuitifs. L'idée ancienne condamnait l'investigation à *ramper*, et pendant des siècles les esprits furent si infatués de Hogg surtout, que ce fut un temps d'arrêt pour la pensée proprement dite. Personne n'osa émettre une vérité dont il ne se sentît redevable qu'à son *âme*. Peu importait que cette vérité fût *démontrable*; les *savants* entêtés du temps ne regardaient que la route au moyen de laquelle on l'avait atteinte. Ils ne voulaient pas même considérer la fin. «Les moyens, criaient-ils, les moyens, montrez-nous les moyens!» Si, après examen des moyens, on trouvait qu'ils ne rentraient ni dans la catégorie d'Aries (c'est-à-dire de Bélier) ni dans celle de Hogg, les *savants* n'allaient pas plus loin, ils prononçaient que le théoriste était un fou, et ne voulaient rien avoir à faire avec sa vérité.

Or, on ne peut pas même soutenir que par le système *rampant* il eût été possible d'atteindre en une longue série de siècles la plus grande somme de vérité; la suppression de l'*Imagination* était un mal qui ne pouvait être compensé par aucune certitude supérieure des anciennes méthodes d'investigation. L'erreur de ces Jurmains, de ces Vrinch, de ces Inglitch, et de ces Amriccans (nos ancêtres immédiats, pour le dire en passant) était une erreur analogue à celle du prétendu connaisseur qui s'imagine qu'il doit voir d'autant mieux un objet qu'il l'approche plus près de ses yeux. Ces gens étaient aveuglés par les détails. Quand ils procédaient d'après Hogg, leurs *faits* n'étaient jamais en résumé que des faits, matière de peu de conséquence, à moins qu'on ne se crût très avancé en concluant que *c'étaient* des faits, et qu'ils devaient être des faits, parce qu'ils apparaissaient tels. S'ils suivaient la méthode de Bélier, c'est à peine si leur procédé était aussi droit qu'une corne de cet animal, car ils n'ont jamais émis un axiome qui fût un véritable axiome dans toute la force du terme. Il fallait qu'ils fussent véritablement aveugles pour ne pas s'en apercevoir, même de leur temps; car à leur époque même, beaucoup d'axiomes longtemps *reçus comme tels* avaient été abandonnés. Par exemple: «*Ex nihilo nihil fit*»; «un corps ne peut agir où il n'est pas»; «il ne peut exister d'antipodes»; «l'obscurité ne peut pas sortir de la lumière»—toutes ces propositions, et une douzaine d'autres semblables, primitivement admises sans hésitation comme des axiômes, furent regardées, à l'époque même dont je parle, comme insoutenables. Quelle absurdité donc, de persister à croire aux *axiômes*, comme à des bases infaillibles de vérité! Mais d'après le témoignage même de leurs meilleurs raisonneurs, il est facile de démontrer la futilité, la vanité des axiômes en général. Quel fut le plus solide de leurs logiciens? Voyons! Je vais le demander à Pundit, et je reviens à la minute…. Ah! nous y voici! Voilà un livre écrit il y a à peu près mille ans et dernièrement traduit de l'Inglitch — langue qui, soit dit en passant, semble avoir été le germe de l'amriccan. D'après Pundit, c'est sans contredit le plus habile ouvrage ancien sur la logique. L'auteur, (qui avait une grande réputation de son temps) est un certain Miller, ou Mill[41]; et on raconte de lui, comme un détail de quelque importance, qu'il avait un cheval de moulin qui s'appelait Bentham. Mais jetons un coup d'oeil sur le Traité!

Ah! — «Le plus ou moins de conceptibilité», dit très bien M. Mill, «ne doit être admis dans aucun cas comme critérium d'une vérité axiomatique.» Quel moderne jouissant de sa raison songerait à contester ce truisme? La seule chose qui nous étonne, c'est que M. Mill ait pu s'imaginer qu'il était nécessaire d'appeler l'attention sur une vérité aussi simple. Mais tournons la page. Que lisons-nous ici? — «Deux contradictoires ne peuvent être vraies en même temps — c'est-à-dire, ne peuvent coexister dans la réalité.» Ici M. Mill veut dire par exemple, qu'un arbre doit être ou bien un arbre, ou pas un arbre — c'est-à-dire, qu'il ne peut être en même temps un arbre et pas un arbre. Très bien, mais je lui demanderai *pourquoi*. Voici sa réponse, et il n'en veut pas donner d'autre: — «parce que, dit-il, il est impossible de concevoir que les contradictoires soient vraies toutes deux à la fois.» Mais ce n'est pas du tout répondre, d'après son propre aveu; car ne vient-il pas précisément de reconnaître que «dans aucun cas le plus ou moins de conceptibilité ne doit être admis comme critérium d'une vérité axiomatique?»

Ce que je blâme chez ces anciens, c'est moins que leur logique soit, de leur propre aveu, sans aucun fondement, sans valeur, quelque chose de tout à fait fantastique, c'est surtout la sotte fatuité avec laquelle ils proscrivent toutes les autres voies qui mènent à la vérité, tous les *autres* moyens de l'atteindre, excepté ces deux méthodes absurdes — l'une qui consiste à se traîner, l'autre à ramper — où ils ont osé emprisonner l'âme qui aime avant tout à *planer*.

En tout cas, mon cher ami, ne pensez-vous pas que ces anciens dogmatistes n'auraient pas été fort embarrassée de décider à laquelle de leurs deux méthodes était due la plus importante et la plus sublime de *toutes* leurs vérités, je veux dire, celle de la gravitation? Newton la devait à Kepler. Kepler reconnaissait qu'il avait *deviné* ses trois lois—ces trois lois capitales qui amenèrent le plus grand des mathématiciens Inglish à son principe, la base de tous les principes de la physique—et qui seules nous introduisent dans le royaume de la métaphysique.

Kepler les *devina*—c'est-à-dire, les *imagina*. Il était avant tout un *théoriste*—mot si sacré aujourd'hui et qui ne fut d'abord qu'une épithète de mépris. N'auraient-ils pas été aussi fort en peine, ces vieilles taupes, d'expliquer par laquelle de leurs deux méthodes un cryptographe vient à bout de résoudre une écriture chiffrée d'une difficulté plus qu'ordinaire, ou par laquelle de leurs deux méthodes Champollion mit l'esprit humain sur la voie de ces immortelles et presque innombrables découvertes, en déchiffrant les hiéroglyphes?

Encore un mot sur ce sujet, et j'aurai fini de vous assommer. N'est-il pas plus qu'étrange, qu'avec leurs éternelles rodomontades sur les méthodes pour arriver à la vérité, ces bigots aient laissé de côté celle qu'aujourd'hui nous considérons comme la grande route du vrai—celle de la concordance? Ne semble-t-il pas singulier qu'ils ne soient pas arrivés à déduire de l'observation des oeuvres de Dieu ce fait vital, qu'une concordance parfaite doit être le signe d'une vérité absolue? Depuis qu'on a reconnu cette proposition, avec quelle facilité avons-nous marché dans la voie du progrès! L'investigation scientifique a passé des mains de ces taupes dans celle des vrais, des seules vrais penseurs, des hommes d'ardente imagination. Ceux-ci *théorisent*. Vous imaginez-vous les huées de mépris avec lesquelles nos pères accueilleraient mes paroles, s'il leur était permis de regarder aujourd'hui par dessus mon épaule? Oui, dis-je, ces hommes *théorisent*; et leurs théories ne font que se corriger, se réduire, se systématiser—s'éclaircir, peu à peu, en se dépouillant de leurs scories d'incompatibilité, jusqu'à ce qu'enfin apparaisse une parfaite concordance que l'esprit le plus stupide est forcé d'admettre, par cela même qu'il y a concordance, comme l'expression d'une absolue et incontestable *vérité*[42].

4 avril.—Le nouveau gaz fait merveille avec les derniers perfectionnements apportés à la gutta-percha. Quelle sûreté, quelle commodité, quel facile maniement, quels avantages de toutes sortes offrent nos ballons modernes! En voilà un immense qui s'approche de nous avec une vitesse d'au moins 150 milles à l'heure. Il semble bondé de monde—il y a peut-être bien trois ou quatre cents passagers—et cependant il plane à une hauteur de près d'un mille, nous regardant; nous pauvres diables, au dessous de lui, avec un souverain mépris. Mais cent ou même deux cents milles à l'heure, c'est là, après tout, une médiocre vitesse. Vous rappelez-vous comme nous volions sur le chemin de fer qui traverse le continent du Canada?—Trois cents milles pleins à l'heure. Voilà qui s'appelait voyager. Il est vrai qu'on ne pouvait rien voir—il ne restait qu'à folâtrer, à festoyer et à danser dans les magnifiques salons. Vous souvenez-vous de la singulière sensation que l'on éprouvait, quand, par hasard, on saisissait une lueur des objets extérieurs, pendant que les voitures poursuivaient leur vol effréné? Tous les objets semblaient n'en faire qu'un—une seule masse. Pour moi, j'avouerai que je préférais voyager dans un de ces trains lents qui ne faisaient que cent milles à l'heure! Là on pouvait avoir des portières vitrées,—même les tenir ouvertes—et arriver à quelque chose qui ressemblait à une vue distincte du pays.... Pundit assure que *la route* du grand chemin de fer du Canada doit avoir été en partie tracée il y a neuf cents ans! Il va jusqu'à dire qu'on distingue encore les traces d'une route— traces qui remontent certainement à une époque aussi reculée. Il paraît qu'il n'y avait que deux voies; la nôtre, vous le savez, en a douze, et trois ou quatre autres sont en préparation. Les anciens rails étaient très minces; et si rapprochés les uns des autres qu'à en juger d'après nos idées modernes, il ne se pouvait rien de plus frivole, pour ne pas dire de plus dangereux. La largeur actuelle de la voie—cinquante pieds—est même considérée comme offrant à peine une sécurité suffisante. Quant à moi, je ne fais aucun doute qu'il a dû exister quelque espèce de voie à une époque fort ancienne, comme l'affirme Pundit; car rien n'est plus clair pour moi que ce fait: qu'à une certaine période—pas moins de sept siècles avant nous, certainement,—les continents du Canada nord et sud n'en faisaient qu'un, et que dès lors les Canadiens durent nécessairement construire un grand chemin de fer qui traversât le continent.

5 avril.—Je suis presque dévoré d'*ennui*. Pundit est la seule personne avec qui l'on puisse causer à bord, et lui, la pauvre âme! il ne saurait parler d'autre chose que d'antiquités. Il a passé toute la journée à essayer de me convaincre que les anciens Amriccans *se gouvernaient eux-mêmes!*—A-t-on jamais entendu une pareille absurdité?—qu'ils vivaient dans une espèce de confédération chacun pour soi, à la façon des «chiens de prairie» dont il est parlé dans la fable. Il dit qu'ils partaient de cette idée, la plus drôle qu'on puisse imaginer—que tous les hommes naissent libres et égaux, et cela au nez même des lois de *gradation* si visiblement imprimées sur tous les êtres de l'univers physique et moral.

Chaque individu votait—ainsi disait-on—c'est-à-dire participait aux affaires publiques—et cela dura jusqu'au jour où enfin on s'aperçut que ce qui était l'affaire de chacun n'était l'affaire de personne, et que la *République* (ainsi s'appelait cette chose absurde) manquait totalement de gouvernement. On raconte, cependant, que la première circonstance qui vint troubler, d'une façon toute spéciale, la satisfaction des philosophes qui avaient construit cette république, ce fut la foudroyante découverte que le suffrage universel n'était que l'occasion de pratiques frauduleuses, au moyen desquelles un nombre désiré de votes pouvait à un moment donné être introduit dans l'urne, sans qu'il y eût moyen de le prévenir ou de le découvrir, par un parti assez déhonté pour ne pas rougir de la fraude. Une légère réflexion sur cette découverte suffit pour en tirer cette conséquence évidente—que la coquinerie doit régner en république—en un mot, qu'un gouvernement républicain ne saurait être qu'un gouvernement de coquins. Pendant que les philosophes étaient occupés à rougir de leur stupidité de n'avoir pas prévu ces inconvénients inévitables, et à inventer de nouvelles théories, le dénouement fut brusqué par l'intervention d'un gaillard du nom de *Mob*[43], qui prit tout en mains, et établit un despotisme, en comparaison duquel ceux des Zéros[44] fabuleux et des Hellofagabales[45] étaient dignes de respect, un véritable paradis. Ce Mob (un étranger, soit dit en passant) était, dit-on, le plus odieux de tous les hommes qui aient jamais encombré la terre. Il avait la stature d'un géant; il était insolent, rapace, corrompu; il avait le fiel d'un taureau avec le coeur d'une hyène, et la cervelle d'un paon. Il finit par mourir d'un accès de sa propre fureur, qui l'épuisa. Toutefois, il eut son utilité, comme toutes choses, même les plus viles; il donna à l'humanité une leçon que jusqu'ici elle n'a pas oubliée—qu'il ne faut jamais aller en sens inverse des analogies naturelles. Quant au républicanisme, on ne pouvait trouver sur la surface de la terre aucune analogie pour le justifier—excepté le cas des «chiens de prairie»,—exception qui, si elle prouve quelque chose, ne semble démontrer que ceci, que la démocratie est la plus admirable forme de gouvernement—pour les chiens.

6 avril.—La nuit dernière nous avons eu une vue admirable d'Alpha Lyre, dont le disque, dans la lunette de notre capitaine, soustend un angle d'un demi-degré, offrant tout à fait l'apparence de notre soleil à l'oeil nu par un jour brumeux. Alpha Lyra, quoique beaucoup plus grand que notre soleil, lui ressemble tout à fait quant à ses taches, son atmosphère, et beaucoup d'autres particularités. Ce n'est que dans le siècle dernier, me dit Pundit, que l'on commença à soupçonner la relation binaire qui existe entre ces deux globes. Chose étrange, on rapportait le mouvement apparent de notre système céleste à un orbite autour d'une prodigieuse étoile située au centre de la voie lactée. Autour de cette étoile, affirmait-on, ou tout au moins, autour d'un centre de gravité commun à tous les globes de la voie lactée, que l'on supposait près des Alcyons dans les Pléïades, chacun de ces globes faisait sa révolution, le nôtre achevant son circuit dans une période de 117,000,000 d'années! Aujourd'hui, avec nos lumières actuelles, les grands perfectionnements de nos télescopes, et le reste, nous éprouvons naturellement quelque difficulté à saisir sur quel fondement repose une pareille idée. Le premier qui la propagea fut un certain Mudler[46]. Il fut amené, sans doute, à cette singulière hypothèse par une pure analogie qui se présenta à lui dans le premier cas observé; mais au moins aurait-il dû poursuivre cette analogie dans ses développements. Elle lui suggérait, de fait, un grand orbe central; jusque-là Mudler était logique. Cet orbe central, toutefois, devait être dynamiquement plus grand que tous les orbes qui l'environnaient pris ensemble. Mudler pouvait alors se poser cette question:—«Pourquoi ne le voyons-nous pas?» nous, en particulier, qui occupons la région moyenne du groupe, l'endroit même le plus rapproché de cet inconcevable soleil central. Peut-être, à ce point de son argumentation, l'astronome s'est-il réfugié dans la supposition que cet orbe pourrait bien n'être pas lumineux; et ici l'analogie lui faisait soudainement défaut. Mais même en admettant un orbe central non lumineux, comment s'y serait-il pris pour expliquer cette invisibilité rendue visible par une incalculable multitude de glorieux soleils rayonnant dans toutes les directions autour de lui? Sans doute il s'en tenait finalement à admettre un centre de gravité commun à tous les globes évolutionnants. — Mais ici encore l'analogie devait lui faire défaut.

Notre système, il est vrai, opère sa révolution autour d'un centre commun de gravité, mais cette révolution n'est que la conséquence de sa relation avec un soleil matériel dont la masse contrebalance et au delà le reste du système. Le cercle mathématique est une courbe composée d'une infinité de lignes droites; mais cette idée du cercle — idée que, par rapport à la géométrie terrestre, nous ne considérons que comme une pure idée mathématique en contradiction avec l'idée pratique — est en réalité la seule conception *pratique* que nous soyons en droit de nous faire par rapport à ces cercles gigantesques auxquels nous avons affaire, au moins en imagination, quand nous supposons notre système avec ses annexes évoluant autour d'un point situé au centre de la voie lactée. Que les plus vigoureuses des imaginations humaines essaient seulement de se faire la moindre idée d'un circuit ainsi inexprimable! Ce serait à peine un paradoxe de dire qu'une lueur d'éclair elle-même, parcourant éternellement la circonférence de cet inconcevable cercle, la parcourrait éternellement en ligne droite. Que le trajet de notre soleil le long de cette circonférence — que la direction de notre système dans un tel orbite puisse, pour une perception humaine, dévier dans la moindre mesure de la ligne droite, même dans l'espace d'un million d'années, c'est là une proposition insoutenable: et cependant ces anciens astronomes semblent avoir été absolument induits à croire qu'une courbe visible s'était manifestée durant la courte période de leur histoire astronomique — dans la durée de ce point imperceptible, dans un pur néant de deux ou trois mille ans! Il est vraiment incompréhensible que des considérations telles que celles-ci ne les aient jamais éclairés sur le véritable état des choses — celui d'une révolution binaire de notre soleil et d'Alpha Lyra autour d'un centre commun de gravité!

7 avril. — Nous avons continué la nuit dernière nos amusements astronomiques. Nous avons eu une vue magnifique des 5 astéroïdes Nepturiens, et nous avons assisté avec le plus grand intérêt à la pose d'une énorme imposte sur deux linteaux dans le nouveau temple situé à Daphnis dans la lune. Rien de plus amusant que de voir des créatures aussi minuscules que celles de la lune, et ressemblant si peu à la race humaine, déployer une habileté mécanique si supérieure à la nôtre. Il nous est difficile aussi de concevoir que les énormes masses qu'elles manient si aisément soient en réalité aussi légères que notre raison nous dit qu'elles sont.

8 avril. — Eureka! Pundit triomphe! Un ballon venant du Canada nous a parlé aujourd'hui, et nous a jeté quelques anciens papiers; ils contiennent des informations excessivement curieuses touchant les antiquités Canadiennes ou plutôt Amriccanes. Vous savez, je présume, que des terrassiers ont passé plusieurs mois à préparer l'emplacement pour l'érection d'une nouvelle fontaine à Paradis, le principal jardin de plaisance de l'empereur. Paradis, paraît-il, était à une époque immémoriale, une île — c'est-à-dire, qu'il était borné au nord par un petit ruisseau, ou plutôt par un bras de mer fort étroit. Ce bras s'élargit graduellement jusqu'à ce qu'il eût atteint sa largeur actuelle — un mille. La longueur totale de l'île est de neuf milles; sa largeur varie d'une façon sensible. L'étendue entière de l'île (selon Pundit,) était, il y a quelque huit cents ans, encombrée de maisons, dont quelques-unes avaient vingt étages de haut: la terre (pour quelque raison fort inexplicable) étant considérée comme très précieuse dans ces parages. Le désastreux tremblement de terre de l'an 2050 engloutit si totalement la ville (elle était trop étendue pour l'appeler un village) que jusqu'ici les plus infatigables de nos antiquaires n'avaient pu recueillir sur les lieux des données suffisantes (en fait de monnaies, de médailles ou d'inscriptions) pour construire l'ombre même d'une théorie touchant les moeurs, les coutumes, etc. etc. etc. des premiers habitants. Tout ce que nous savions d'eux à peu près, c'est qu'ils faisaient partie des Knickerbockers, tribu de sauvages qui infestaient le continent lors de sa première découverte par Recorder Riker, chevalier de la Toison d'or. Cependant ils ne manquaient pas d'une certaine civilisation; ils cultivaient différents arts et même différentes sciences à leur manière. On raconte qu'ils étaient sous beaucoup de rapports fort ingénieux, mais affligés de la singulière monomanie de bâtir ce que, dans l'ancien amriccan, on appelait des *églises* — des espèces de pagodes instituées pour le culte de deux idoles connues sous le nom de Richesse et de Mode. Si bien qu'à la fin, dit-on, les quatre-vingt dixièmes de l'île n'étaient plus qu'églises. Les femmes aussi, paraît-il, étaient singulièrement déformées par une protubérance naturelle de la région située juste au dessous du dos — et, chose inexplicable, cette difformité passait pour une merveilleuse beauté. Une ou deux peintures de ces singulières femmes ont été miraculeusement conservées. C'est quelque chose de vraiment drôle — quelque chose entre le dindon et le dromadaire.

Voilà donc presque tout ce qui nous était parvenu touchant les anciens Knickerbockers. Or, il paraît qu'en creusant au centre du jardin de l'empereur (qui, comme vous le savez, couvre toute l'étendue de l'île) quelques-uns des ouvriers déterrèrent un bloc de granit cubique et visiblement sculpté, pesant plusieurs centaines de livres. Il était parfaitement conservé, et semblait avoir peu souffert de la convulsion qui l'avait enseveli. Sur une de ses surfaces était une plaque de marbre, revêtue (et c'est ici la merveille des merveilles) *d'une inscription — d'une inscription lisible*. Pundit est dans l'extase. Quand on eut détaché la plaque, on découvrit une cavité, renfermant une boîte de plomb remplie de différentes monnaies, une longue liste de noms, quelques documents qui ressemblent à des journaux, et d'autres objets du plus haut intérêt pour les anti-quaires! Il ne peut y avoir aucun doute sur leur origine; ce sont des reliques amrccanes authentiques appartenant à la tribu des Knick-erbockers. Les papiers jetés à bord de notre ballon sont couverts des fac-simile des monnaies, manuscrits, topographie, etc., etc. Je vous envoie pour votre amusement une copie de l'inscription en knicker-bocker qui se trouve sur la plaque de marbre:

Cette pierre angulaire d'un monument à la
Mémoire de
GEORGES WASHINGTON
a été posée avec les cérémonies appropriées
le 19e jour d'octobre 1847,
l'anniversaire de la reddition de
Lord Cornwallis
au Général Washington à Yorktown,
A.D. 1781,
sous les auspices de l'
Association pour le monument de Washington
de la cité de New-York.

C'est une traduction littérale de l'inscription, faite par Pundit lui-même, de telle sorte que vous pouvez être sûr de sa fidélité. Du petit nombre de mots qui nous sont ainsi conservés, nous pouvons tirer plus d'un renseignement important; et l'un des plus intéressants est assurément ce fait, qu'il y a mille ans, les monuments *réels* étaient déjà tombés en désuétude: on se contentait, comme nous aujourd'hui, d'indiquer simplement l'intention d'élever un monument—quelque jour à venir; une pierre angulaire était posée «solitaire et seule» (vous m'excuserez de vous citer le grand poète amriccan Benton!) comme garantie de cette magnanime intention. Cette admirable inscription nous apprend en outre d'une façon très précise le comment, le lieu et le sujet de la grande reddition en question. Pour le *lieu*, ce fut Yorktown (qui se trouvait quelque part;) quant au sujet, ce fut le Général Cornwallis (sans doute quelque riche négociant en blé[47]). C'est lui qui se rendit. L'inscription mentionne celui à qui se rendit—qui? Lord Cornwallis. Resterait à savoir pourquoi les sauvages pouvaient désirer qu'il se rendît. Mais quand nous nous souvenons que ces sauvages étaient sans aucun doute des cannibales, nous arrivons naturellement à cette conclusion: qu'ils voulaient en faire un saucisson. Quant au *comment*, rien ne saurait être plus explicite que cette inscription. Lord Cornwallis se rendit (pour devenir un saucisson) «sous les auspices de l'association du monument de Washington»,—sans doute une institution de charité pour le dépôt des pierres angulaires.

Mais grands Dieux! qu'arrive-t-il? Ah! je vois ce que c'est: le ballon vient d'en rencontrer un autre; il y a eu collision, et nous allons piquer une tête dans la mer.

Je n'ai donc plus que le temps d'ajouter ceci: que d'après une hâtive inspection des fac-simile des journaux, etc., etc. je découvre que les grands hommes de cette époque parmi les Amriccans furent un certain John, forgeron, et un certain Zacharie, tailleur.

Adieu, jusqu'au revoir. Recevrez-vous oui ou non cette lettre? c'est là un point de peu d'importance, puisque je l'écris uniquement pour mon propre amusement. Je vais mettre le manuscrit dans une bouteille bien bouchée et la jeter à la mer.

Eternellement vôtre,

PUNDITA.

COMMENT S'ÉCRIT UN ARTICLE A LA BLACK-WOOD

«Au nom du prophète – des figues!»

CRI DU MARCHAND DE FIGUES TURC

Je présume que tout le monde a entendu parler de moi. Je m'appelle la Signora Psyché Zénobia. Voilà un fait dont je suis sûre. Il n'y a que mes ennemis qui m'appellent Suky Snobbs.[48] Je sais de source certaine que Suky n'est que la corruption vulgaire du mot *Psyché*, qui est de l'excellent grec, et signifie *l'âme*, (c'est-à-dire Moi, car je suis *tout* âme) et quelquefois aussi *une abeille*, sens qui fait évidemment allusion à mon aspect extérieur, dans ma nouvelle toilette de satin cramoisi, avec le mantelet arabe bleu de ciel, la parure d'*agrafes* vertes, et les sept volants en *oreillettes* couleur orange. Quant à *Snobbs*, on n'a qu'à me regarder pour reconnaître tout de suite que je ne m'appelle pas Snobbs. C'est miss Tabitha Turnip[49] qui a répandu ce bruit par pure envie. Oui, Tabitha Turnip! O la petite misérable! Mais que peut-on attendre d'un navet? Ne se souvient-elle pas de l'adage sur «le sang d'un navet, etc...?» (Mémorandum: le lui rappeler à la première occasion. Autre Mémorandum: lui tirer le nez.) Mais où en étais-je? Ah! je sais aussi que *Snobbs* est une pure corruption de Zénobia, et que Zénobia était une reine, (Moi aussi: le Dr Moneypenny m'appelle toujours la Reine des Coeurs) et que Zénobia, comme Psyché, est de l'excellent grec, et que mon père était Grec, et que par conséquent j'ai droit à cette appellation patronymique qui est Zénobia, et pas du tout Snobbs. Il n'y a que Tabitha Turnip qui m'appelle Suky Snobbs. Je suis la Signora Psyché Zénobia.

Comme je l'ai déjà dit, tout le monde a entendu parler de moi. Je suis cette Signora Psyché Zénobia, si justement célèbre comme secrétaire correspondant du «*Philadelphia, Regular, Exchange, Tea, Total, Young, Belles, Lettres, Universal, Experimental, Bibliographical, Association, To, Civilise, Humanity.*» C'est le docteur Moneypenny qui nous a composé ce titre, et il l'a choisi, dit-il, parce qu'il est aussi sonore qu'un baril de rhum vide. (Le Dr est quelquefois un homme vulgaire—mais il est profond.) Nous accompagnons notre signature des initiales de la société, à la mode de la R.S.A. (Royale Société des Arts), de la S.D.U.K, (société pour la diffusion des connaissances utiles, etc., etc.) Le Dr Moneypenny dit que dans ce dernier titre S est là pour *Stale*, que D.U.K. signifie *Duck*, et que S.D.U.K. représente *Stale Duck*[50], et non la société de Lord Brougham.— Mais le Dr Moneypenny est un si drôle d'homme que je ne suis jamais sûre s'il me dit la vérité. Quoi qu'il en soit, nous ne manquons pas d'ajouter à nos noms les initiales P.R.E.T.T.Y.B.L.U.E.B.A.T.C.H.—ce qui veut dire: Philadelphia, Regular, Exchange, Tea, Total, Young, Belles, Lettres, Universal, Experimental, Bibliographical, Association, To, Civilise, Humanity, une lettre pour chaque mot; ce qui est décidément un progrès sur lord Brougham. Le Dr Moneypenny prétend que nos initiales indiquent notre vrai caractère—mais, sur ma vie, je ne vois pas ce qu'il veut dire.

Malgré les bons offices du docteur, et le zèle ardent déployé par la Société pour se faire connaître, elle n'eut pas grand succès jusqu'à ce que j'en fisse partie. La vérité est que ses membres se laissaient aller dans la discussion à un ton trop léger. Les feuilles qui paraissaient chaque samedi soir se recommandaient moins par la profondeur que par la bouffonnerie. Ce n'était que de la crème fouettée. Aucune recherche des premières causes, des premiers principes. Aucune recherche de rien du tout. Pas la moindre attention donnée à ce point capital: «la convenance des choses.» En un mot, il n'y avait pas d'écrit aussi tranchant. Tout y était bas— absolument bas!

Aucune profondeur, aucune lecture, aucune métaphysique—rien de ce que les savants appellent *idéalisme*, et que les ignorants aiment mieux stigmatiser du nom de *cant*. (Le Dr Moneypenny dit que je devrais écrire *cant* avec un K capital—mais je m'entends.) Aussitôt entrée dans la société, j'essayai d'y introduire une meilleure méthode de pensée et de style, et tout le monde sait si j'y ai réussi. Nous donnons maintenant dans la P.R.E.T.T.Y.B.L.U.E.B.A.T.C.H. d'aussi bons articles qu'on peut en rencontrer dans le *Blackwood*. Je dis le Blackwood, parce que je suis convaincue que les meilleurs écrits, sur toute sorte de sujets, peuvent se trouver dans les pages de ce Magazine si justement célèbre. Nous le prenons maintenant pour modèle en tout, ce qui nous met en passe d'acquérir une rapide notoriété. Après tout, il n'est pas si difficile de composer un article dans le goût du vrai Blackwood, pourvu qu'on sache bien s'y prendre. Bien entendu, je ne parle pas des articles politiques. Tout le monde sait comment ils se fabriquent, depuis que le Dr Moneypenny l'a expliqué. M. Blackwood a une paire de ciseaux de tailleur, et trois apprentis qui se tiennent près de lui pour exécuter ses ordres. Un lui tend le *Times*, un autre l'*Examiner*, un troisième le *Gulley's New Compendium of Slang-Whang*,[51] M. Blackwood ne fait que couper et distribuer. C'est bientôt fait—rien que Examiner, Slang-Whang, et Times—puis Times, Slang-Whang et Examiner—puis Times, Examiner, et Slang-Whang.

Mais le principal mérite du Magazine est dans ses articles de Mélanges; et les meilleurs de ces articles rentrent dans la catégorie de ce que le Dr Moneypenny appelle les *excentricités* (qu'elles aient du sens ou non) et ce que tous les autres appellent des *articles à sensation*. C'est une espèce d'écrit que depuis longtemps j'avais appris à apprécier; mais ce n'est que depuis ma dernière visite à M. Blackwood (chez qui j'avais été députée par la société) que j'ai pu me rendre parfaitement compte de l'exacte méthode de sa composition. Cette méthode est fort simple, mais cependant moins que celle de la politique.

Introduite auprès de M. Blackwood, je lui fis connaître les désirs de la société; il me reçut avec une grande civilité, me fit entrer dans son cabinet, et m'exposa clairement tout le procédé.

«Ma chère dame,» dit-il, évidemment frappé par mon extérieur majestueux, car j'avais ma toilette de satin cramoisi, avec les agrafes vertes, et les oreillettes couleur orange. «Ma chère dame, asseyez-vous. Voici comment il faut s'y prendre. En premier lieu, votre écrivain d'articles à sensation doit avoir de l'encre très noire, et une plume très grosse avec un bec bien émoussé. Et, remarquez bien, miss Psyché Zénobia!» continua-t-il, après une pause, avec une énergie et une solennité de ton fort impressives, «remarquez bien! — *cette plume — ne doit — jamais être taillée*! Là, madame, est tout le secret, l'âme de l'article à sensation. J'oserai vous affirmer que jamais un individu, de quelque génie qu'il fût doué, n'a écrit avec une bonne plume — comprenez-moi bien — un bon article. Vous pouvez être sûre, qu'un manuscrit lisible n'est jamais digne d'être lu. C'est là un des principaux articles de notre foi, et si vous éprouvez quelque difficulté à l'accepter, nous pouvons lever la séance.»

Il s'arrêta. Mais comme naturellement je tenais à ne pas suspendre la conférence, je donnai mon assentiment à une proposition si naturelle, et dont j'avais depuis longtemps reconnu la vérité. Il parut satisfait, et continua ses instructions.

«Peut-être paraîtra-t-il prétentieux de ma part, miss Psyché Zénobia, de vous renvoyer à un article ou à une collection d'articles, comme modèles d'étude; cependant il me semble bon d'appeler votre attention sur quelques cas. Voyons. Il y a eu *le Mort vivant*, article capital! — la relation des sensations éprouvées par un gentilhomme dans sa tombe avant qu'il ait rendu l'âme — article plein de goût, de terreur, de sentiment, de métaphysique et d'érudition. Vous jureriez que l'écrivain est né et a été élevé dans un cercueil. Puis nous avons eu les *Confessions d'un mangeur d'opium* — remarquable, bien remarquable! splendide imagination — philosophie profonde — spéculation subtile — beaucoup de feu et de verve — avec un assaisonnement suffisant de choses carrément inintelligibles — une exquise bouillie qui coula délicieusement dans le gosier du lecteur. On voulait que Coleridge fut l'auteur de cet article, — mais non. Il a été composé par mon petit babouin favori, Juniper, après une rasade de gin hollandais et d'eau chaude sans sucre.» (J'aurais eu de la peine à le croire, si tout autre que M. Blackwood m'eût assuré le fait). «Puis il y a eu l'*Expérimentaliste involontaire*, qui roule en entier sur un gentilhomme cuit dans un four, et qui en sortit sain et sauf, non sans avoir eu une terrible peur. Puis le *Journal d'un médecin défunt*, dont le mérite est de mêler à un langage d'énergumène un Grec indifférent, — deux choses qui attachent le public. Il y eut ensuite l'*Homme dans la Cloche*, un article, miss Zénobia, que je ne saurais trop recommander à votre attention. C'est l'histoire d'un jeune homme qui s'endort sous la cloche d'une église, et est réveillé par ses tintements funèbres. Il en devient fou, et en conséquence, tirant ses tablettes, il y consigne ses sensations. Les sensations, voilà le grand point. Si jamais vous étiez noyée ou pendue, prenez note de vos sensations—elles vous rapporteront dix guinées la feuille. Si vous voulez faire de l'effet en écrivant, miss Zénobia, soignez, soignez les sensations.»

«Je n'y manquerai pas, M. Blackwood», dis-je.

«Très bien,» répliqua-t-il. Mais je dois vous mettre au fait des détails de la composition de ce qu'on peut appeler un véritable *Blackwood* à sensations—et vous comprendrez comment je considère ce genre de composition comme le meilleur sous tous rapports.

«La première chose à faire, c'est de vous mettre vous-même dans une situation anormale où personne ne s'est encore trouvé avant vous. Le four, par exemple, c'était un excellent truc. Mais si vous n'avez pas de four ou de grosse cloche sous la main, si vous ne pouvez pas à votre convenance culbuter d'un ballon, ou être engloutie dans un tremblement de terre, ou dégringoler dans une cheminée, il faudra vous contenter d'imaginer simplement quelque mésaventure analogue. J'aimerais mieux cependant que vous ayez un fait réel à faire valoir. Rien n'aide aussi bien l'imagination que d'avoir fait soi-même l'expérience de son sujet.—La vérité, vous le savez, est plus étrange que la fiction,—tout en allant plus sûrement au but.»

Je lui assurai alors que j'avais une excellente paire de jarretières, et que je m'en servirais pour me pendre.

«Bon!» répondit-il «oui, faites-le;—quoique la pendaison soit quelque chose de bien usé. Peut-être pourrez-vous trouver mieux. Prenez une dose de pilules de Brandreth, et donnez-vous vos sensations. Toutefois mes instructions s'appliqueront également bien à toutes les variétés de mésaventure; ainsi en retournant chez vous, vous pouvez avoir la tête cassée, ou être renversée d'un omnibus, ou mordue par un chien enragé, ou noyée dans une gouttière. Mais venons au procédé.

»Une fois, votre sujet déterminé, vous avez à considérer le ton ou le genre de la narration. Il y a le ton didactique, le ton enthousiaste, le ton naturel, tous assez vulgaires. Mais il y ai le ton laconique, ou bref, qui est devenu depuis peu à la mode. Il consiste à procéder par courtes sentences. Par exemple celles-ci:—On ne peut être trop bref. On ne saurait être trop hargneux. Rien que des points. Jamais de paragraphe.

»Puis il y a le ton élevé, diffus, et procédant par interjections. Ce ton est patronné par nos meilleurs romanciers. Les mots doivent tourbillonner tous ensemble et bourdonner comme une toupie; ce bourdonnement tient lieu de sens. C'est le meilleur de tous les styles possibles, quand l'écrivain n'a pas le temps de penser.

»Le ton métaphysique est aussi un excellent ton. Si vous connaissez quelques grands mots, c'est le cas de les employer. Parlez des écoles Ionique et Eléatique—d'Archytas, de Gorgias, et d'Alcméon. Dites quelque chose de l'objectivité et de la subjectivité. N'ayez pas peur de dire beaucoup de mal d'un nommé Locke. Faites allusion aux choses en général, et si vous avez laissé glisser une trop grosse absurdité, vous n'avez pas besoin de vous mettre en peine de l'effacer; vous n'avez qu'à ajouter une note au bas de la page, où vous direz que vous êtes redevable de la susdite profonde observation à la *Kritik der reinen Vernunft* ou à la *Metaphysische Anfangsgrunde der Naturwissenschaft*[52]. Cela paraîtra de l'érudition et … et … et—de la franchise.

»Il y a plusieurs autres tons également célèbres, mais je ne vous en mentionnerai plus que deux:—le ton transcendantal et le ton hétérogène. Dans le premier, le mérite consiste à voir dans la nature des choses beaucoup plus loin que les autres. Cette seconde vue fait beaucoup d'effet, quand elle est bien mise en oeuvre. Quelques lectures du *Dial* vous ouvriront la voie.

»Evitez, dans ce cas, les grands mots; employez les plus courts possible, et écrivez-les à l'envers. Consultez les poèmes de Channing, et citez ce qu'il dit «d'un petit homme gras avec la séduisante apparence d'un pot.» Touchez quelque chose de la Divine Unité. Ne dites pas un mot de l'Infernale Dualité. Avant tout, étudiez-vous à insinuer. Donnez toujours à entendre—n'affirmez rien. Si vous avez à parler d'une tartine de *pain et de beurre*, ne le dites pas en propres termes, mais dites quelque chose d'approchant. Vous pouvez faire allusion à un gâteau de blé noir; vous pouvez aller jusqu'à insinuer une pâte de gruau d'avoine; mais si vous avez réellement en vue une tartine de pain et de beurre, gardez-vous bien, ma chère miss Psyché, de dire: tartine de pain et de beurre.»

Je lui assurai que je ne le dirais plus jamais de ma vie. Il m'embrassa et continua:

«Quant au ton hétérogène, c'est tout simplement un mélange judicieux, en égales proportions, de tous les autres tons, et par conséquent tout ce qu'il y a de profond, de grand, de bizarre, de piquant, d'à propos, de joli, entre dans sa composition.

»Supposons maintenant que vous êtes fixée sur les incidents et le ton. La partie la plus importante, l'âme de tout le procédé, demande encore votre attention—je veux dire: le *remplissage*. On ne saurait supposer qu'une lady ou un gentilhomme a passé sa vie à dévorer les livres. Et cependant il est nécessaire avant tout que votre article ait un air d'érudition, ou qu'il offre au moins des signes évidents d'une lecture étendue. Or je vais vous mettre à même de vous tirer de cette difficulté. Regardez ici!» (Il prit trois ou quatre livres qui paraissaient fort ordinaires et les ouvrit au hasard.)

«Vous n'avez qu'à jeter les yeux sur la première page venue du premier livre venu, pour y découvrir mille bribes d'érudition ou de bel esprit, et c'est là le véritable assaisonnement d'un article à la *Blackwood*. Vous pouvez en noter quelques-unes, pendant que je vous les lis. Je ferai deux divisions: 1° *Faits piquants pour la confection des comparaisons*; et 2° *Expressions piquantes à introduire selon l'occasion*. Ecrivez.» Et j'écrivis sous sa dictée.

1° FAITS PIQUANTS POUR COMPARAISONS:

«*Il n'y eut originellement que trois Muses—Melete, Mneme, Aoede—la méditation, la mémoire et le chant.*» Vous pouvez tirer un grand parti de ce petit fait, si vous savez vous en servir. Vous voyez qu'il n'est pas généralement connu, et qu'il semble *recherché*. Mais il faut avoir soin de donner à la chose un air parfaitement improvisé.

»Autre exemple. *Le fleuve Alphée passa sous la mer, et en sortit sans que la pureté de ses eaux en reçut aucune atteinte.* Il est bien un peu vieilli; mais bien habillé et bien présenté, il paraîtra aussi frais que jamais.

»Voici quelque chose de mieux: — *L'Iris de Perse semble posséder pour quelques personnes un doux et puissant parfum, tandis que pour d'autres il est tout à fait sans odeur.*

Voilà qui est fin, et vraiment délicat! En le tournant un peu, vous en tirerez des merveilles. Nous trouverons encore quelque chose dans la botanique. Il n'y a rien qui fasse si bien, surtout avec l'addition d'une ligne de latin. Ecrivez!

»*L'Epidendrum Flos Aeris de Java porte une très belle fleur, et vit encore même quand il est déraciné. Les indigènes le suspendent par une corde au plafond et jouissent pendant des années de son parfum.* — Morceau capital! Voilà pour les comparaisons. Passons aux expressions piquantes.

2° EXPRESSIONS PIQUANTES.

»*Le vénérable roman chinois Ju-Kiao-Li.* Excellent. En introduisant adroitement ces quelques mots, vous faites preuve d'une connaissance approfondie de la langue et de la littérature chinoise. Avec cela vous pouvez vous passer d'arabe, de sanscrit, ou de chickasaw. Mais aucun sujet ne saurait se passer d'espagnol, d'italien, d'allemand, de latin et de grec. Je dois vous donner un petit spécimen de chacune de ces langues. Toutes ces citations seront bonnes et atteindront le but; ce sera à votre ingéniosité de les approprier à votre sujet. Ecrivez!

»*Aussi tendre que Zaïre.* Français. Allusion à la fréquente répétition de la phrase *la tendre Zaïre,* dans la tragédie française de ce nom. Bien employée, cette citation prouvera non seulement votre connaissance de la langue, mais encore votre lecture étendue et votre esprit. Vous pouvez dire, par exemple, que le poulet que vous mangiez (dans un article où vous raconteriez que vous êtes morte étranglée par un os de poulet) n'était pas aussi tendre que Zaïre. Ecrivez!

»Van muerte tan escondida,
Que non te sienta venir,
Porque el plazer del morir
No me torne a dar la vida.

»C'est de l'espagnol—de Miguel de Cervantes.—Viens vite, ô mort! mais ne me laisse pas voir que tu viens, de peur que le plaisir que je ressentirai en te voyant paraître ne me rende malheureusement à la vie.—Vous pouvez glisser cette citation fort à propos, quand vous vous débattez avec votre os de poulet dans la dernière agonie. Ecrivez!

»Il pover'uomo che non s'en era accorto,
Andava combattendo, ed era morto.

»C'est de l'italien, vous le devinez—de l'Arioste. Cela veut dire que dans la chaleur du combat un héros ne s'apercevant pas qu'il est bel et bien tué, continua de combattre vaillamment, tout mort qu'il était. L'application de ce passage à votre cas va de soi—car, j'espère bien, miss Psyché, que vous ne négligerez pas de gigotter des jambes au moins une heure et demie après que vous serez morte de votre os de poulet. Veuillez écrire!

»Und sterb' ich doch, si sterb'ich denn
Durch sie—durch sie!

»C'est de l'allemand, de Schiller.—Et si je meurs, au moins je mourrai pour toi… pour toi!—Il est clair ici que vous apostrophez la cause de votre malheur, le poulet. Et quel gentilhomme en vérité, (ou quelle dame) de sens, ne consentirait pas, je voudrais bien le savoir, à mourir pour un chapon bien engraissé d'après le vrai système Molucca, farci de câpres et de champignons, et servi dans un saladier avec une gelée d'orange en *mosaïque*? (vous trouverez ce plat chez Tortoni)—Ecrivez, je vous prie!

»Voici une charmante petite phrase latine, et peu commune (on ne peut être trop *recherché* ni trop bref dans une citation latine; c'est chose si vulgaire)—*Ignoratio elenchi*. Il a commis une *ignoratio elenchi*—c'est-à-dire: il a compris les mots de votre proposition, mais non l'idée. Vous voyez qu'il s'agit d'un imbécile, d'un pauvre diable à qui vous vous adressez tout en vous débattant avec votre os de poulet et qui n'a pas bien compris ce que vous lui disiez. Jetez-lui votre *ignoratio elenchi* à travers la figure, et d'un seul coup vous l'avez anéanti. S'il ose répliquer, vous pouvez lui citer du Lucain, l'endroit (le voici) où il parle de pures *anemonae verborum*, de mots anémones. L'anémone, qui à un grand éclat, n'a pas d'odeur. Ou, s'il veut faire le rodomont, vous pouvez le pourfendre avec les *Insomnia Jovis*, les rêveries de Jupiter — mots que Silius Italicus (voici le passage) applique aux pensées pompeuses et enflées. Cette citation est infaillible et lui percera le coeur. Après cela il ne peut plus que tourner sur lui-même et mourir. Voulez-vous avoir la bonté d'écrire?

»En grec, nous avons quelque chose d'assez joli — du Démosthène, par exemple — Anaer o pheugon chai palin machesetai. Il y a une assez bonne traduction de cette phrase dans Hudibras:

For he that flies may flight again,
Which he can never do that's slain.[53]

»Dans un article à la *Blackwood*, rien ne produit meilleur effet que votre grec. Les lettres mêmes vous ont un certain air de profondeur. Regardez seulement, Madame, l'air fûté de cet *Epsilon*! Et ce *Phi*, certainement ce doit être un évêque! Quelle mine plus spirituelle que celle de cet *Omicron*! Et ce *Tau* avec quelle grâce il se bifurque! Bref, il n'y a rien de pareil au grec pour un véritable article à sensation. Dans le cas présent, l'application de cette citation est la plus naturelle du monde. Relevez la sentence par un énorme juron, en guise d'*ultimatum* à l'adresse du mal appris, de la tête dure incapable de comprendre votre bon anglais au sujet de cet os de poulet. Il saisira l'allusion et il ne sera plus question de lui, vous pouvez y compter.»

Ce furent là toutes les instructions que je pus tirer de M. Blackwood sur le sujet en question; mais je compris qu'elles étaient bien suffisantes. J'étais donc enfin capable d'écrire un véritable article à la Blackwood, et je résolus de m'y mettre sur-le-champ. En prenant congé de moi, M. Blackwood me fit la proposition de m'acheter l'article quand il serait écrit; mais comme il ne pouvait m'offrir que cinquante guinées la feuille, je crus qu'il valait mieux en faire profiter notre société, que de le sacrifier pour une somme aussi chétive. Malgré sa lésinerie, M. Blackwood me témoigna d'ailleurs toute sa considération, et me traita véritablement avec la plus grande civilité. Les paroles qu'il m'adressa à mon départ firent sur mon coeur une profonde impression, et je m'en souviendrai toujours, je l'espère, avec reconnaissance.

«Ma chère miss Zénobia,» me dit-il, des larmes dans les yeux, «y a-t-il encore quelque chose que je puisse faire pour aider au succès de votre louable entreprise? Laissez-moi réfléchir! Il est bien possible que vous ne puissiez à votre convenance vous … vous noyer, ou étouffer d'un os de poulet, ou être pendue ou mordue par un … Mais attendez! J'y pense: il y a dans ma cour deux excellents boule-dogues — des drôles distingués, je vous assure — sauvages, et qui vous en donneront pour votre argent — ils vous auront dévorée, vous, vos oreillettes, et tout, en moins de cinq minutes (voici ma montre!) — ne songez qu'aux sensations! Ici! Allons! — Tom! Péter! — Dick, oh! le drôle! lâchez-les.» Mais comme j'étais réellement très pressée, et que je n'avais pas une minute à perdre, je me vis forcée malgré moi de m'en aller, et de prendre congé un peu plus brusquement, je l'avoue, que ne l'aurait demandé la stricte politesse.

Mon premier soin, en quittant M. Blackwood, fut de m'engager immédiatement dans quelque mauvais pas, conformément à ses avis, et dans cette vue, je passai la plus grande partie de la journée à errer à travers Edinburgh, en quête d'aventures désespérées — capables de répondre à l'intensité de mes sentiments, et de s'adapter au grand effet de l'article que je voulais écrire. J'étais accompagnée dans cette excursion de mon domestique nègre Pompey, et de ma petite chienne Diane, que j'avais amenée avec moi de Philadelphie. Ce ne fut que tard dans l'après-midi que je réussis dans ma difficile entreprise. Il m'arriva alors un grand événement, dont l'article à la Blackwood qui suit, — dans le ton hétérogène, est la substance et le résultat.

ARTICLE A LA BLACKWOOD DE MISS ZENOBIA

«Quel malheur, bonne dame, vous a ainsi privée de la vie?»
Comus.

Par une après-midi tranquille et silencieuse, je m'acheminai dans l'agréable cité d'Edina. Il régnait dans les rues une confusion et un tumulte effroyables. Les hommes causaient. Les femmes criaient. Les enfants s'égosillaient. Les cochons sifflaient. Les chariots gron-daient. Les boeufs soufflaient. Les vaches beuglaient. Les chevaux hennissaient. Les chats faisaient le sabbat. Les chiens dansaient. — *Dansaient*! Etait-ce donc possible? Oui, *dansaient*! Hélas! pensai-je, le temps de danser est passé pour moi! Il n'est plus. Quelle cohue de souvenirs obscurs se réveilleront de temps en temps dans un esprit doué de génie et de contemplation imaginative, — d'un génie surtout condamné à la durable, éternelle, continuelle, et pourrait-on dire — continue — oui, *continue et continuelle*, à l'amère, harassante, troublante, et, si je puis me permettre cette expression, à la très troublante influence du serein, divin, céleste, exaltant, élevé et purifiant effet de ce qu'on peut justement appeler la plus enviable, la plus *vraiment* enviable — oui! la plus suavement belle, la plus délicieusement éthérée, et, pour ainsi dire, la plus *jolie* (si je puis me servir d'une expression aussi hardie) des *choses* (pardonne-moi, gentil lecteur) du monde; — mais je me laisse toujours entraîner par mes sentiments. Dans un tel esprit, je le répète, quelle cohue de souvenirs sont remués par une bagatelle! Les chiens dansaient! Et *moi* — moi, je ne le *pouvais* pas! Ils sautaient — et moi je pleurais. Ils cabriolaient — et moi je sanglotais bien fort. Circonstances touchantes! qui ne peuvent manquer de rappeler au souvenir du lecteur lettré le passage exquis sur la convenance des choses, qui se trouve au commencement du troisième volume de cet admirable et vénérable roman chinois, le *Jo-go-Slow*.

Dans ma promenade solitaire à travers la cité, j'avais deux humbles, mais fidèles compagnons, Diane, ma petite chienne! la plus douce des créatures! Elle avait une touffe de poils qui lui descendait sur un de ses yeux, et un ruban bleu était élégamment attaché autour de son cou. Diane n'avait pas plus de cinq pouces de haut, mais sa tête était presque à elle seule plus grosse que le reste de son corps, et sa queue coupée tout à fait court donnait à l'intéressant animal un air d'innocence outragée qui la faisait bien venir de tous.

Et Pompey, mon nègre! — doux Pompey! Pourrai-je t'oublier jamais? J'avais pris le bras de Pompey. Il avait trois pieds de haut (j'aime mettre les points sur les *i*) et était âgé de soixante-dix ou peut-être quatre-vingts ans. Il avait les jambes cagneuses, et était obèse. Sa bouche n'était pas précisément petite, ni ses oreilles courtes. Ses dents toutefois ressemblaient à des perles, et ses grands yeux largement ouverts étaient délicieusement blancs. La Nature ne lui avait point donné de cou et avait posté ses chevilles (selon l'usage chez cette race) au milieu de la partie supérieure du pied. Il était habillé avec une remarquable simplicité. Il avait pour tout vêtement un col de neuf pouces de haut et un pardessus de drap brun presque neuf, qui avait autrefois servi au grand, robuste et illustre docteur Moneypenny. C'était un excellent pardessus. Il était bien taillé. Il était bien fait. Il était presque neuf. Pompey le relevait de ses deux mains pour ne pas le laisser traîner dans la boue.

Notre société se composait donc de trois personnes, dont deux sont déjà connues. Il y en avait une troisième — cette troisième personne, c'était moi. Je suis la signora Psyché Zénobi_. Je *ne* suis *pas* Suky Snobbs. Mon extérieur est imposant. Dans la mémorable occasion dont je parle, j'étais vêtue d'une robe de satin cramoisi et d'un mantelet arabe bleu de ciel. La robe était agrémentée d'agrafes vertes, et de sept gracieux volants de couleur orange. Je formais donc là troisième personne de la société. Il y avait le caniche. Il y avait Pompey. Il y avait moi. Nous étions trois. Ainsi, dit-on, il n'y avait originellement que trois Furies — Melty, Nimmy, et Hetty — la Méditation, la Mémoire, et le Violon.

Appuyée sur le bras du galant Pompey, et suivie de Diane à distance respectueuse, je descendis l'une des plus populeuses et des plus plaisantes rues d'Edina, alors déserte. Tout à coup se présenta à ma vue une église — une cathédrale gothique — vaste, vénérable, avec un haut clocher qui se perdait dans le ciel. Quelle folie s'empara alors de moi? Pourquoi courus-je au devant de mon destin? Je fus saisie du désir irrésistible de monter à cette tour vertigineuse et de contempler de là l'immense panorama de la cité. La porte de la cathédrale ouverte semblait m'inviter. Ma destinée l'emportai. J'entrai sous la fatale voûte. Où donc était mon ange gardien? — si toutefois il y a de tels anges. *Si!* Monosyllabe troublant! Quel monde de mystère, de science, de doute, d'incertitude est contenu dans tes deux lettres! J'entrai sous la fatale voûte! J'entrai, et sans endommager mes volants, couleur orange, je passai sous le portail, et pénétrai dans le vestibule. Ainsi, dit-on, l'immense rivière Alfred passa intacte, à sec, sous la mer.

Je crus que les escaliers ne finiraient jamais. *Ils tournaient!* Oui, ils tournaient et montaient toujours, si bien que je ne pus m'empêcher d'appeler à mon aide l'ingénieux Pompey, et je m'appuyai sur son bras avec toute la confiance d'une ancienne affection. — Je ne *pus* m'empêcher de m'imaginer que le dernier échelon de cette éternelle échelle en spirale avait été accidentellement ou peut-être à dessein enlevé. Je m'arrêtai pour respirer, et au même moment il se présenta un incident trop important au point de vue moral ainsi qu'au point de vue métaphysique pour être passé sous silence. Il me sembla — j'avais entièrement conscience du fait — non, je ne pouvais m'être trompée! J'avais pendant quelques instants soigneusement et anxieusement observé les mouvements de ma Diane — non, dis-je, je ne pouvais m'être trompée! — Diane *sentait un rat*! Aussitôt j'appelai l'attention de Pompey sur ce point, et Pompey — oui, Pompey fut de mon avis. Il n'y avait plus aucun motif raisonnable de douter. Le rat avait été senti — et senti par Diane. Ciel! pourrai-je jamais oublier l'intense émotion de ce moment? Hélas! Qu'est-ce que l'intelligence tant vantée de l'homme? Le rat — il était là — c'est-à-dire quelque part. Diane avait senti le rat. Et moi — *moi* je ne *pouvais* pas le sentir. Ainsi, dit-on, l'Isis Prussienne a pour quelques personnes un doux et suave parfum, tandis que pour d'autres elle est complètement sans odeur.

Nous étions venus à bout de l'escalier, et il n'y avait plus que trois ou quatre marches qui nous séparaient du sommet. Nous montâmes encore, et il ne resta plus qu'une marche! Une marche! Une petite, petite marche! Combien de fois d'une semblable petite marche dans le grand escalier de la vie humaine dépend une destinée entière de bonheur ou de misère humaine! Je songeai à moi-même, puis à Pompey, puis au mystérieux et inexplicable destin qui nous entourait. Je songeai à Pompey! — Hélas! Je songeai à l'amour! Je songeai à tous les faux pas qui ont été faits et qui peuvent être faits encore. Je résolus d'être plus prudente, plus réservée.

J'abandonnai le bras de Pompey, et sans son assistance, je franchis la dernière marche qui restait et gagnai la chambre du beffroi. Mon caniche me suivit immédiatement. Pompey restait seul en arrière. Je m'arrêtai au dessus de l'escalier, et l'encourageai à monter. Il me tendit la main, et malheureusement en faisant ce geste, il fut forcé de lâcher sa redingote. Les Dieux ne cesseront-ils de nous persécuter? La redingote tomba, et un des pieds de Pompey marcha sur le long et traînant pan de l'habit. Il trébucha et tomba. — Cette conséquence était inévitable. Il tomba en avant, et sa tête maudite, venant me frapper en pleine poitrine, me précipita tout de mon long avec lui sur le dur, sale et détestable plancher du beffroi. Mais ma vengeance fut assurée, soudaine et complète. Le saisissant furieusement des deux mains par sa laine, je lui arrachai une énorme quantité de cette matière noire, crépue et bouclée, et la jetai loin de moi avec tous les signes du dédain. Elle tomba au milieu des cordes du beffroi et y resta. Pompey se leva sans dire un mot. Mais il me regarda piteusement avec ses grands yeux et soupira. Grands Dieux!—quel soupir! Il pénétra jusqu'au fond de mon coeur. Et la chevelure—la laine! Si j'avais pu rattraper cette laine, je l'aurais baignée de mes larmes en témoignage de regret. Mais hélas! elle était maintenant bien loin. Comme elle pendillait au cordage de la cloche, je m'imaginai qu'elle était encore vivante. Je m'imaginai qu'elle allait mourir d'indignation. Ainsi l'*happidandy Flos Aeris* de Java porte, dit-on, une belle fleur, qui vit encore quand elle est déracinée. Les indigènes la suspendent avec une corde au plafond, et jouissent de son parfum des années entières.

Notre différend terminé, nous cherchâmes dans la chambre une ouverture qui nous permît de contempler la cité d'Edina. Il n'y avait pas de fenêtre. La seule lumière qui pénétrât dans ce réduit obscur venait d'une ouverture carrée ayant à peu près un pied de diamètre, et à une hauteur d'environ sept pieds au-dessus du plancher. Mais que ne peut réaliser l'énergie du véritable génie? Je résolus d'atteindre à ce trou. Un énorme attirail de roues, de pignons, et autres machines à l'air cabalistique se trouvaient en face du trou, tout près de lui, et à travers le trou passait une baguette de fer venant du mécanisme. Entre les roues et le mur il y avait juste de la place pour mon corps; mais j'étais exaspérée, et déterminée à aller jusqu'au bout. J'appelai Pompey près de moi.

«Vous voyez cette ouverture, Pompey. Je voudrais y passer la tête pour regarder. Vous allez vous tenir tout droit juste sous le trou,— comme cela. Maintenant, Pompey, tendez une de vos mains, que je puisse y monter—très bien. Maintenant l'autre main, Pompey, et avec son aide, j'arriverai sur vos épaules.»

Il fit tout ce que je désirais, et quand je fus hissée sur ses épaules, je m'aperçus que je pouvais facilement passer ma tête et mon cou à travers l'ouverture. Le panorama était sublime. Il ne se pouvait rien de plus magnifique. Je ne m'arrêtai un instant que pour appeler Diane et assurer Pompey que je serais discrète, et pèserais le moins possible sur ses épaules. Je lui dis que je serais à l'égard de ses sentiments d'une délicatesse tendre—*ossi tender qu'un beefsteak*. Après avoir rendu cette justice à mon fidèle ami, je m'abandonnai sans réserve à l'ardeur et à l'enthousiasme de la jouissance du panorama qui s'étendait sous mes yeux.

Cependant je me dispenserai de m'appesantir sur ce sujet. Je ne décrirai pas la cité d'Edinburgh. Tout le monde est allé à Edinburgh—la classique Edina. Je m'en tiendrai aux principaux détails de ma lamentable aventure. Après avoir jusqu'à un certain point satisfait ma curiosité touchant l'étendue, la situation, et la physionomie générale de la cité, j'eus le loisir d'examiner l'église où j'étais, et la délicate architecture de son clocher. Je remarquai que l'ouverture à travers laquelle j'avais passé la tête s'ouvrait dans le cadran d'une horloge gigantesque, et devait de la rue faire l'effet d'un large trou de clef, tel qu'on en voit sur le cadran des montres françaises. Sans doute le véritable but de cette ouverture était de laisser passer le bras d'un employé pour lui permettre d'ajuster quand il était nécessaire les aiguilles de l'horloge. J'observai avec surprise l'immense dimension de ces aiguilles, dont la plus longue ne pouvait avoir moins de dix pieds de long, et dans sa plus grande largeur moins de huit à neuf pouces. Elles étaient d'acier massif, et les bords paraissaient tranchants. Après avoir noté ces particularités et quelques autres, je tournai de nouveau mes yeux sur la glorieuse perspective qui s'étendait devant moi, et bientôt je m'absorbai dans ma contemplation.

Quelques minutes après, je fus éveillée par la voix de Pompey, qui me déclarait qu'il ne pouvait plus y tenir, et me priait de vouloir bien être assez bonne pour descendre. C'était absurde, et je le lui dis assez longuement. Il répliqua, mais évidemment en comprenant mal mes idées à ce sujet. J'en conçus quelque colère, et je lui dis en termes péremptoires, qu'il était un imbécile, qu'il avait commis un *ignoramus eclench-eye*, que ses idées n'étaient que de pures *insommary Bovis*, et que ses mots ne valaient guère mieux qu'une *ennemye-werry bor'em*. Il parut satisfait, et je repris mes contemplations.

Il y avait à peu près une demi-heure, après cette altercation, que j'étais profondément absorbée par la vue céleste que j'avais sous les yeux, lorsque je fus réveillée en sursaut par quelque chose de tout à fait froid qui me pressait doucement la partie supérieure du cou. Il est inutile de dire que j'en ressentis une alarme inexprimable. Je savais que Pompey était sous mes pieds et que Diane, selon mes instructions expresses, était assise sur ses pattes de derrière dans le coin le plus reculé de la chambre. Qu'est-ce que cela pouvait bien être? Hélas! je ne le découvris que trop tôt. En tournant doucement ma tête de côté, je m'aperçus, à ma plus grande horreur, que l'énorme, brillante, petite aiguille de l'horloge, semblable à un cimeterre, dans le cours de sa révolution horaire, était *descendue sur mon cou*. Je compris qu'il n'y avait pas une seconde à perdre. Je cherchai à retirer ma tête en arrière, mais il était trop tard. Il n'y avait plus d'espoir d'arracher ma tête de la bouche de cette horrible trappe où elle était si bien prise, et qui devenait de plus en plus étroite avec une rapidité qui échappait à l'analyse. On ne peut se faire une idée de l'agonie d'un pareil moment. J'élevai les mains et essayai de toutes mes forces de soulever la lourde barre de fer. C'est comme si j'avais essayé de soulever la cathédrale elle-même. Elle descendait, descendait, descendait toujours, de plus en plus serrant. Je criai à Pompey de venir à mon aide; mais il me répondit que je l'avais blessé dans ses sentiments en l'appelant un *ignorant et un vieux louche*. Je poussai un hurlement à l'adresse de Diane; elle ne me répondit que par un bow wow-wow, ce qui voulait dire que je lui avais recommandé de ne pas bouger de son coin. Je n'avais donc point de secours à attendre de mes associés.

En attendant, la lourde et terrible *faux du Temps* (je comprenais maintenant la force littérale de cette locution classique) ne s'était point arrêtée, et ne paraissait point disposée à s'arrêter dans sa carrière. Elle descendait et descendait toujours. Déjà elle avait enfoncé sa tige tranchante d'un pouce entier dans ma chair, et mes sensations devenaient indistinctes et confuses. Tantôt je m'imaginais être à Philadelphie avec le puissant Dr Moneypenny, tantôt dans le cabinet de Mr Blackwood, recevant ses inestimables instructions. Puis le doux souvenir d'anciens jours meilleurs se présenta à mon esprit, et je songeai à cet heureux temps ou le monde n'était qu'un désert, et Pompey pas encore entièrement cruel. Le tic-tac de la machine m'amusait. *M'amusait*, dis-je, car maintenant mes sensations confinaient au bonheur parfait, et les plus insignifiantes circonstances me causaient du plaisir. L'éternel *clic-clac clic-clac, clic-clac* de l'horloge était pour mes oreilles la plus mélodieuse musique, à certains instants même me rappelait les délicieux sermons du Dr Ollapod. Puis les grands signes du cadran—qu'ils semblaient intelligents! comme ils faisaient penser! Les voilà qui dansent la mazurka, et c'est le signe V qui la danse à ma plus grande satisfaction. C'est évidemment une dame de grande distinction. Elle n'a rien de nos éhontées, rien d'indélicat dans ses mouvements. Elle faisait la pirouette à merveille,—tournant en rond sur sa tête. J'essayai de lui tendre un siège, voyant quelle était fatiguée de ses exercices—et ce ne fut qu'en ce moment que je sentis pleinement ma lamentable situation. Lamentable en vérité! la barre était entrée de deux pouces dans mon cou. J'étais arrivée à un sentiment de douleur exquise. J'appelai la mort, et dans ce moment d'agonie, je ne pus m'empêcher de répéter les vers exquis du poète Miguel de Cervantes:

«Vanny Buren, tan escondida
Query no te senty venny
Pork and pleasure, delly morry
Nommy, torny, darry, widdy!»

Un nouveau sujet d'horreur se présenta alors à moi,—une horreur, suffisante pour faire frissonner les nerfs les plus solides. Mes yeux, sous la cruelle pression de la machine, sortaient littéralement de leurs orbites. Comme je songeais au moyen de m'en tirer sans eux, l'un se mit à tomber hors de ma tête, et roulant sur la pente escarpée du clocher, alla se loger dans la gouttière qui courait le long des bords de l'édifice. Mais la perte de cet oeil ne me fit pas autant d'effet que l'air insolent d'indépendance et de mépris avec lequel il me regarda une fois parti. Il était là gisant dans la gouttière précisément sous mon nez, et les airs qu'il se donnait auraient été risibles, s'ils n'avaient pas été révoltants.

On n'avait jamais rien vu d'aussi miroitant ni d'aussi clignotant. Cette attitude de la part de mon oeil dans la gouttière n'était pas seulement irritante par son insolence manifeste et sa honteuse ingratitude, mais elle était encore excessivement inconvenante au point de vue de la sympathie qui doit toujours exister entre les deux yeux de la même tête, quelque séparés qu'ils soient. Je me vis forcée bon gré, mal gré, de froncer les sourcils et de clignoter en parfait concert avec cet oeil scélérat qui gisait juste sous mon nez. Je fus bientôt soulagée par la fuite de mon autre oeil. Il prit en tombant la même direction (c'était peut-être un plan concerté) que son camarade. Tous deux roulèrent ensemble de la gouttière, et, en vérité je fus enchantée d'être débarrassée d'eux.

La barre était entrée maintenant de quatre pouces et demi dans mon cou, et il n'y avait plus qu'un petit lambeau de peau à couper. Mes sensations furent alors celles d'un bonheur complet, car je sentis que dans cinq minutes au plus je serais délivrée de ma désagréable situation. Je ne fus pas tout à fait déçue dans cette attente. Juste à cinq heures, vingt-cinq minutes de l'après-midi, l'énorme aiguille avait accompli la partie de sa terrible révolution suffisante pour couper le peu qui restait de mon cou. Je ne fus pas fâchée de voir la tête qui m'avait occasionné un si grand embarras se séparer enfin de mon corps. Elle roula d'abord le long de la paroi du clocher, puis alla se loger pendant quelques secondes dans la gouttière, et enfin fit un plongeon dans le milieu de la rue.

J'avouerai candidement que les sensations que j'éprouvai alors revêtirent le caractère le plus singulier — ou plutôt le plus mystérieux, le plus inquiétant, le plus incompréhensible. Mes sens changeaient de place à chaque instant. Quand j'avais ma tête, tantôt je m'imaginais que cette tête était moi, la vraie signora Psyché Zénobia — tantôt j'étais convaincue que c'était le corps qui formait ma propre identité. Pour éclaircir mes idées sur ce point, je cherchai ma tabatière dans ma poche; mais en la prenant, et en essayant d'appliquer selon la méthode ordinaire une pincée de son délicieux contenu, je m'aperçus immédiatement qu'il me manquait un objet essentiel, et je jetai aussitôt la boîte à ma tête. Elle huma une prise avec une grande satisfaction, et m'envoya en retour un sourire de reconnaissance. Peu après elle m'adressa une allocution, que je ne pus entendre que vaguement, faute d'oreilles. J'en saisis assez, cependant, pour savoir qu'elle était étonnée de me voir encore vivante dans de pareilles conditions. Elle cita en finissant les nobles paroles de l'Arioste:

«Il pover hommy che non sera corty
And have a combat tenty erry morty;»

me comparant ainsi à ce héros, qui dans la chaleur du combat, ne s'apercevant pas qu'il était mort, continuait de se battre avec une inépuisable valeur. Il n'y avait plus rien maintenant qui pût m'empêcher de tomber du haut de mon observatoire, et c'est ce que je fis. Je n'ai jamais pu découvrir ce que Pompey aperçut de si particulièrement singulier dans mon extérieur. Mais il ouvrit sa bouche d'une oreille à l'autre, et ferma ses deux yeux, comme s'il avait voulu briser des noix avec ses paupières. Finalement, retroussant son pardessus, il ne fit qu'un saut dans l'escalier et disparut. J'envoyai aux trousses du misérable ces véhémentes paroles de Démosthène:

«*Andrew O'Phlegeton, you really wake haste to fly.*»

Puis je me tournai du côté de la chérie de mon coeur, la mignonne à un seul oeil, Diane au poil touffu. Hélas! quelle horrible vision frappa mes yeux! *Etait-ce* un rat que je vis rentrant dans son trou? *Sont-ce* là les os rongés de ce cher petit ange cruellement dévoré par le monstre? Grands Dieu! Ce que je *vois—est-ce* l'âme partie, l'ombre, le spectre de ma petite chienne bien-aimée, que j'aperçois assise avec grâce et mélancolie là, dans ce coin? Ecoutons! car elle parle, et, Dieux du ciel! c'est dans l'allemand de Schiller. —

«Unt stobby duk, so stubby dun
Duk she! Duk she!»

Hélas! Ses paroles ne sont que trop vraies!

«Et si je meurs, je meurs
Pour toi! — pour toi!»

Douce créature! Elle aussi s'est sacrifiée pour moi. Sans chien, sans nègre, sans tête, que reste-t-il *maintenant* à l'infortunée signora Psyché Zénobia? Hélas — *rien*! J'ai dit.

LA FILOUTERIE CONSIDÉRÉE COMME SCIENCE EXACTE

Hé! filoutons, filoutons, Le chat et le violon.

Depuis que le monde a commencé, il y a eu deux Jérémie. L'un a écrit une Jérémiade sur l'usure, et s'appela Jérémie Bentham. Il a été fort admiré de M. John Neal[54], et fut un grand homme dans un petit genre. L'autre a donné son nom à la plus importante des sciences exactes et fut un grand homme dans un grand genre — je puis dire: dans le plus grand des genres.

La filouterie — ou l'idée abstraite exprimée par le verbe *filouter* est assez claire. Cependant le fait, l'action, la chose est quelque peu difficile à définir. Nous pouvons toutefois arriver à une conception passable du sujet, en définissant, non la chose elle-même, mais l'homme, comme un animal qui filoute. Si Platon avait songé à cela, il se fut épargné l'affront du poulet déplumé.

On demandait fort pertinemment à Platon pourquoi un poulet déplumé, ou ce qui revient très clairement au même, «un bipède sans plumes» ne serait pas, selon sa propre définition, un homme? Mais je n'ai pas à craindre de m'entendre poser une semblable question. L'homme est un animal qui filoute, et il n'y a pas d'autre animal qui filoute que l'homme. Une cage entière de poulets déplumés n'entamerait pas ma définition.

Ce qui constitue l'essence, la nature, le principe de la filouterie est, de fait, un caractère tout particulier à l'espèce de créatures qui portent jaquettes et pantalons. Une corneille dérobe, un renard escroque, une belette friponne; un homme filoute. Filouter est sa destinée. «L'homme a été fait pour pleurer», dit le poète. Mais non; il a été fait pour filouter. C'est là son but, son objet, sa *fin*. C'est pour cela, que lorsqu'un homme a été filouté, on dit qu'il est *refait*.

La filouterie, bien analysée, est un composé, dont les ingrédients sont: la minutie, l'intérêt, la persévérance, l'ingéniosité, l'audace, la nonchalance, l'originalité, l'impertinence et la grimace.

Minutie.—Notre filou est méticuleux. Il opère sur une petite échelle. Son affaire, c'est le détail; il lui faut de l'argent comptant ou un papier bien en règle. Si par hasard il est tenté de se lancer dans quelque grande spéculation, alors il perd aussitôt ses traits distinctifs, et devient ce que l'on appelle «un financier.» Ce dernier mot implique tout ce qui constitue la filouterie, excepté que le financier travaille en grand. Un filou peut donc être regardé comme un banquier *in petto*—et une opération financière, comme une filouterie à Brobdignag. L'un est à l'autre ce qu'Homère est à Flaccus,—un mastodonte à une souris, la queue d'une comète à celle d'un cochon.

Intérêt.—Notre filou est uniquement guidé par l'intérêt. Il dédaigne la filouterie pour le pur *amour* de la filouterie. Il a toujours un objet en vue;—sa poche—et la vôtre. Il est toujours à l'affût d'une chance décisive. Il ne voit que le nombre un. Vous êtes le nombre deux, vous devez prendre garde à vous.

Persévérance.—Notre filou est persévérant. Il ne se laisse pas facilement décourager. La terre lui manquât-elle sous les pieds, il ne s'en inquiète pas, il poursuit imperturbablement son but, et

«Ut canis a corio nunquam absterrebitur uncto[55]»,

ainsi ne laissera-t-il jamais aller sa partie.

Ingéniosité.—Notre filou est ingénieux. Il a la bosse de la constructivité. Il saisit bien un plan. Il sait inventer et circonvenir. Si Alexandre n'avait pas été Alexandre, il eût voulu être Diogène. S'il n'était pas un filou, il serait fabricant de souricières brevetées, ou pêcheur de truites à la ligne.

Audace.—Notre filou est audacieux. C'est un homme hardi. Il porte la guerre en pleine Afrique. Il emporte tout d'assaut. Il ne craindrait pas les poignards de Frei-Herren. Avec, un peu plus de prudence, Dick Turpin aurait fait un excellent filou; Daniel O'Connel, avec un peu moins de blague; et Charles XII, avec une livre ou deux de cervelle de plus dans la tête.

Nonchalance.—Notre filou est nonchalant. Il n'est pas du tout nerveux. Il n'a jamais *eu* de nerfs. Il ne sait pas ce que c'est que l'émoi. On peut le mettre hors de la maison par la porte, mais non hors de lui-même. Il est froid—froid comme un concombre. Il est calme—«calme comme un sourire de Lady Bury». Il est souple—souple comme un vieux gant, ou les demoiselles de l'ancienne Baïes.

Originalité.—Notre filou est original—consciencieusement original. Ses pensées sont bien à lui. Il dédaignerait d'employer celles d'un autre. Il a en aversion les trucs éventés. Il rendrait plutôt une bourse, j'en suis sûr, s'il découvrait qu'il la doit à une filouterie qui ne soit pas originale.

Impertinence.—Notre filou est impertinent. Il fait le crâne. Il met les poings sur les rognons. Il fourre ses mains dans les poches de son pantalon. Il ricane à votre barbe. Il marche sur vos cors. Il mange votre dîner, il boit votre vin, il vous emprunte votre argent, il vous tire le nez, il donne des coups de pied à votre chienne, et il embrasse vôtre femme.

Grimace.—Le vrai filou termine toutes ses opérations par une grimace. Mais personne ne la voit que lui. Il grimace, lorsque sa tâche du jour est remplie—quand ses divers travaux sont accomplis—le soir dans sa chambre, et uniquement pour son amusement particulier. Il arrive chez lui. Il ferme sa porte. Il se déshabille. Il éteint sa chandelle. Il se met au lit. Il étend sa tête sur l'oreiller. Après quoi, notre filou *fait sa grimace*. Ce n'est pas une hypothèse. Rien de plus naturel. Je raisonne *à priori*, et dis qu'un filou ne serait pas un filou sans sa grimace.

On peut faire remonter l'origine de la filouterie à l'enfance de la race humaine. Adam fut peut-être le premier filou. En tout cas, nous pouvons suivre les traces de cette science jusqu'à une très haute antiquité. Il est vrai que les modernes l'ont amenée à un degré de perfection que n'auraient jamais rêvée les têtes dures de nos ancêtres. Sans m'arrêter à parler des «vieilles scies», je me contenterai de présenter un résumé de quelques-uns «des cas les plus modernes.»

Voici une excellente filouterie. Une maîtresse de maison a besoin d'un sofa. Elle va visiter plusieurs magasins de meubles. Elle arrive enfin dans un magasin bien assorti. A la porte, un individu poli et ayant la langue bien pendue l'accoste et l'invite à entrer. Elle trouve un sofa qui fait parfaitement son affaire; elle en demande le prix, et se trouve surprise et enchantée à la fois d'entendre articuler une somme de vingt pour cent au moins au dessous de son attente. Elle se hâte de conclure le marché, prend une facture et un reçu, laisse son adresse, en priant d'envoyer l'article à la maison le plus tôt possible, et se retire pendant que le marchand se confond en révérences et en salutations. La nuit vient, et point de sofa. Le jour suivant se passe, et toujours rien. Un domestique va s'enquérir des causes de ce retard. On n'a connaissance d'aucun marché. Il n'y a point eu de sofa de vendu, point d'argent de reçu — excepté par le filou, qui a fort bien joué le rôle du marchand.

Nos magasins de meubles sont abandonnés sans surveillance à la merci du premier venu; ce qui donne toute facilité pour des tours de cette espèce. Les passants entrent, regardent les marchandises, et partent sans qu'on les ait remarqués ni vus. Si quelqu'un désire faire une acquisition, ou s'enquérir du prix d'un article, une cloche est là sous la main, et cette précaution paraît amplement suffisante.

Autre filouterie fort respectable. Un individu bien mis entre dans une boutique; il y fait une emplette de la valeur d'un dollar. Mais à son grand regret, il s'aperçoit qu'il a laissé son portefeuille dans la poche d'un autre habit. Il dit donc au boutiquier: «Cela ne fait rien, mon cher monsieur; vous m'obligerez en envoyant le paquet à la maison. Mais attendez. Je crois bien qu'il n'y a pas à la maison de monnaie inférieure à une pièce de cinq dollars. Vous pouvez donc envoyer avec le paquet quatre dollars pour le change.» — «Très bien, monsieur,» répond le boutiquier, concevant aussitôt une grande idée de la haute délicatesse de sa pratique. «J'en connais,» se dit-il à lui-même, «qui auraient mis la marchandise sous leur bras, et seraient partis en promettant de revenir payer le dollar en passant dans l'après-midi.»

Il envoie un garçon avec le paquet et la monnaie. En chemin, tout à fait accidentellement, celui-ci est rencontré par l'acheteur, qui s'écrie:

«Ah! c'est mon paquet, n'est-ce pas? — Je croyais qu'il était depuis longtemps à la maison. Allez, allez! Ma femme, mistress Trotter, vous donnera les cinq dollars — je lui ai laissé des instructions à cet effet. Mais vous pourriez aussi bien me donner la monnaie — j'aurai besoin de quelque argent pour la poste. Très bien! Un, deux... cette pièce est-elle bonne? — trois, quatre — Parfaitement bien! Dites à Mme Trotter que vous m'avez rencontré et maintenant allez et ne vous amusez pas en chemin.»

Le garçon ne s'amuse pas du tout—mais il perd beaucoup de temps avant de revenir de sa commission. Pas plus de Mme Trotter que sur la main. Il se console toutefois en se disant qu'après tout il n'a pas été assez sot pour laisser les marchandises sans l'argent; il rentre à la boutique l'air fort satisfait de lui-même, et ne peut s'empêcher de se sentir blessé et indigné quand son maître lui demande ce qu'il a fait de la monnaie.

Voici une filouterie tout à fait simple. Un vaisseau est sur le point de mettre à la voile. Un individu à l'air officiel se présente au capitaine avec une facture des frais de ville extraordinairement modérée. Enchanté de s'en tirer à si bon compte, et ne sachant auquel entendre, le capitaine s'acquitte en toute hâte. Au bout d'un quart d'heure, une seconde facture, et celle-ci moins raisonnable, lui est présentée par un autre individu qui lui a bientôt fait comprendre que le premier receveur était un filou, et la première recette une filouterie.

En voici une autre à peu près semblable.

Un bateau à vapeur est sur le point de larguer. Un voyageur, son porte-manteau à la main, accourt de toutes ses forces du côté de l'embarcadère. Tout à coup, il s'arrête tout court, et ramasse avec une grande agitation quelque chose sur le sol. C'est un portefeuille. «Qui a perdu un portefeuille?» se met-il à crier. Personne ne peut assurer avoir perdu son portefeuille; mais l'émotion est vive, quand on apprend que la trouvaille est de valeur. Le bateau, cependant, ne peut attendre.

«Le temps et la marée n'attendent personne,» crie le capitaine.

«Pour l'amour de Dieu, encore quelques minutes!» dit l'auteur de la trouvaille; «le vrai propriétaire va se présenter.»

«On ne peut attendre!» réplique le capitaine; «larguez, entendez vous!»

«Que vais-je donc faire?» demande l'homme, en grande peine. «Je vais quitter le pays pour quelques années, et je ne puis en conscience garder cette somme énorme en ma possession.—Pardon, monsieur, (s'adressant à un gentilhomme sur la rive) mais vous m'avez l'air d'un honnête homme. Voulez-vous me rendre le service de vous charger de ce portefeuille—je vois que je puis me fier à vous—et de le faire publier? Les billets, vous le voyez, montent à une somme fort considérable. Le propriétaire, sans aucun doute, tiendra à vous récompenser de votre peine.»

«Moi?—non, vous! C'est vous qui l'avez trouvé.»

«Oui, si vous y tenez.—Je veux bien accepter un léger retour—uniquement pour faire taire vos scrupules. Voyons—ces billets sont tous des billets de mille—Dieu me bénisse! un millier de dollars serait trop—cinquante seulement, c'est bien assez!»

«Larguez!» dit le capitaine.

«Mais je n'ai pas la monnaie de cent, et en somme, vous feriez mieux….»

«Larguez!» dit le capitaine.

«Attendez donc!» crie le gentilhomme qui vient d'examiner pendant la dernière minute son propre portefeuille. «Attendez donc! J'ai votre affaire. Voici un billet de cinquante sur la banque du North America.—donnez-moi le portefeuille.»

Le toujours très consciencieux auteur de la trouvaille prend le billet de cinquante avec une répugnance marquée, et jette au gentilhomme le portefeuille, pendant que le steamboat fume et siffle en s'ébranlant. Une demi-heure après son départ, le gentilhomme s'aperçoit que «les valeurs considérables» ne sont que des billets faux, et toute l'histoire une pure filouterie.

Voici une filouterie hardie. Un champ de foire, ou quelque chose d'analogue doit se tenir dans un endroit où l'on n'a accès que par un pont libre. Un filou s'installe sur ce pont, et informe respectueusement tous les passants de la nouvelle loi qui vient d'établir un droit de péage d'un centime par tête d'homme, de deux centimes par tête de cheval ou d'âne, et ainsi de suite… Quelques-uns grondent, mais tous se soumettent, et le filou rentre chez lui plus riche de quelque cinquante ou soixante dollars bien gagnés. Il n'y a rien de plus fatigant que de percevoir un droit de péage sur une grande foule.

Une habile filouterie est celle-ci. L'ami d'un filou garde une promesse de paiement, remplie et signée en due forme sur billet ordinaire imprimé à l'encre rouge. Le filou se procure une ou deux douzaines de ces billets en blanc, et chaque jour en trempe un dans sa soupe, le présente à son chien qui saute après, et finit par le lui donner *en bonne bouche*. Le temps de l'échéance arrivant, le filou et son chien vont trouver l'ami, et l'engagement devient le sujet de la discussion. L'ami tire le billet de son secrétaire, et fait le geste de le présenter au filou, quand le chien saute sur le billet et le dévore. Le filou est non seulement surpris, mais vexé et furieux de la conduite absurde de son chien, et proteste qu'il est prêt à faire honneur à son obligation — aussitôt qu'on pourra en fournir une preuve évidente.

Voici une filouterie assez mesquine. Une dame est insultée dans la rue par le compère d'un filou. Le filou lui-même vole au secours de la dame, et, après avoir rossé son ami d'importance, insiste pour accompagner la dame jusqu'à sa porte. Il s'incline, la main sur son coeur, et lui dit très respectueusement adieu. La dame invite son sauveur à la suivre, disant qu'elle va le présenter à son grand frère et à son papa. Le sauveur soupire et décline l'invitation. «N'y a-t-il donc aucun moyen, murmure-t-elle, de vous prouver ma reconnaissance?»

«Si, madame, il y en a un. Veuillez être assez bonne pour me prêter une couple de shillings.»

Dans la première émotion du moment, la dame songe à disparaître sur-le-champ. Après y avoir pensé deux fois, cependant, elle ouvre sa bourse et s'exécute. C'est là, dis-je, une filouterie mesquine — car il faut que la moitié de la somme empruntée soit payée au monsieur qui a eu la peine d'insulter la dame, et d'être rossé par dessus le marché pour l'avoir insultée.

Autre filouterie mesquine, mais toujours scientifique. Le filou s'approche du comptoir d'une taverne et demande deux cordes de tabac. On les lui donne, quand tout à coup après les avoir rapidement examinées, il se met à dire:

«Ce tabac n'est pas de mon goût. Reprenez-le et donnez-moi à la place un verre de grog.»

Le grog servi et avalé, le filou gagne la porte pour s'en aller. Mais la voix du tavernier l'arrête:

«Je crois, monsieur, que vous avez oublié de payer votre grog.»

«Payer mon grog!—Ne vous ai-je pas donné le tabac en retour? Que vous faut-il de plus?»

«Mais, s'il vous plaît, monsieur je ne me souviens pas que vous ayez payé le tabac.»

«Que voulez-vous dire par là, coquin?—Ne vous ai-je pas rendu votre tabac? Attendez-vous que je vous paie ce que je n'ai pas pris?

«Mais, monsieur,» dit le marchand, ne sachant plus que dire, «mais, monsieur...»

«Il n'y a pas de mais qui tienne, monsieur,» interrompt le filou, faisant semblant d'entrer dans une grande colère, et fermant la porte avec violence derrière lui, «il n'y a pas de mais qui tienne, nous connaissons vos tours d'escamotage.»

Voici encore une très habile filouterie, qui se recommande surtout par sa simplicité. Une bourse a été perdue; et celui qui l'a perdue fait insérer dans les journaux du jour un avertissement accompagné d'une description très détaillée.

Aussitôt notre filou de copier les détails de l'avertissement, en changeant l'en-tête, la phraséologie générale, et l'adresse. Par exemple, l'original, long et verbeux, porte cet en-tête: «Un portefeuille perdu!» et invite à déposer l'argent, quand on l'aura trouvé, au n° 1 de Tom Street.

La copie est brève; elle porte en tête ce seul mot «perdu» et indique le n° 2 ou le n° 3 de Harry ou Dick Street, comme l'endroit où l'on peut voir le propriétaire. Cette copie est insérée au moins dans cinq ou six journaux du jour, de telle sorte qu'elle ne paraisse que peu d'heures après l'original. Dût-elle tomber sous les yeux de celui qui a perdu la bourse, c'est à peine s'il pourrait se douter qu'elle a quelque rapport avec son infortune. Mais naturellement, il y a cinq ou six chances contre une que celui qui l'aura trouvée se présente à l'adresse donnée par le filou plutôt qu'à celle du légitime propriétaire. Le filou paie la récompense, met l'argent dans sa poche et file.

Voici une filouterie qui a beaucoup d'analogie avec la précédente. Une dame du grand *ton* a laissé glisser dans la rue une bague de diamant d'un prix exceptionnel. Elle offre à celui qui la retrouvera quarante ou cinquante dollars de récompense—elle fait dans son annonce une description détaillée de la pierre et de sa monture, et déclare qu'elle paiera *instantanément* la récompense promise à celui qui la rapportera au n° tant, dans telle avenue, sans lui poser la moindre question. Un jour ou deux après, la dame étant absente de son logis, on sonne au n° tant dans l'avenue indiquée. Une servante paraît; l'inconnu demande la dame de la maison; en apprenant qu'elle est absente, il s'étonne et manifeste le plus poignant regret. C'est une affaire d'importance qui concerne personnellement la maîtresse du logis. En effet il a eu la bonne fortune de trouver sa bague de diamant. Mais peut-être fera-t-il bien de revenir une autrefois. «Pas du tout!» dit la servante: «pas du tout!» disent en choeur la soeur et la belle-soeur de la dame qu'on a appelées sur les entrefaites. L'identité de la bague est bruyamment constatée, la récompense payée, et l'homme de détaler au plus vite. La dame rentre, et manifeste à sa soeur et à sa belle-soeur quelque mécontentement de ce qu'elles aient payé quarante ou cinquante dollars un fac-simile de sa bague — un fac-simile fait de vrai similor et d'un infâme strass.

Mais comme les filouteries n'ont pas de fin, cet essai ne finirait jamais, si je voulais seulement indiquer les variétés et les formes infinies dont cette science est susceptible. Il faut cependant conclure, et je ne saurais mieux le faire, qu'en racontant sommairement une filouterie fort décente et assez bien étudiée dont notre ville a été dernièrement le théâtre, et qui s'est reproduite depuis avec succès dans d'autres localités de plus en plus florissantes de l'Union.

Un homme entre deux âges arrive dans une ville, venant on ne sait d'où. Il paraît remarquablement précis, cauteleux, posé, réfléchi dans ses démarches. Sa tenue est scrupuleusement irréprochable, mais simple et sans ostentation. Il porte une cravate blanche, une ample redingote, qui ne vise qu'au confort, de sérieuses chaussures à épaisses semelles, et des pantalons sans sous-pied. Il a tout l'air, en réalité, d'un aisé, économe, exact et respectable *homme d'affaires* — l'homme d'affaires *par excellence*, un de ces hommes durs et âpres à l'extérieur, mais doux à l'intérieur, tels que nous en voyons dans la haute comédie — personnages dont les paroles sont autant d'engagements, et qui sont connus pour répandre d'une main les guinées en charités, tandis que de l'autre, quand il s'agit de transaction commerciale, ils se font escompter jusqu'à la dernière fraction d'un farthing.

Il fait beaucoup de bruit pour découvrir une pension à son gré. Il déteste les enfants. Il est accoutumé à la tranquillité. Ses habitudes sont méthodiques—il s'établirait de préférence dans une petite famille respectable, et ayant de pieuses inclinations. Les conditions ne sont pas une question—il n'insiste que sur un point: c'est qu'on lui présentera sa quittance le premier de chaque mois (on est alors au deux du mois), et lorsqu'enfin il a trouvé ce qu'il lui faut, il prie sa propriétaire de ne pas oublier ses instructions sur ce point, de lui envoyer sa facture et son reçu à dix heures précises le *premier* jour de chaque mois, et jamais le second sous aucun prétexte.

Ces arrangements pris, notre homme d'affaires loue un bureau dans un quartier plutôt respectable que fashionable de la ville. Il ne méprise rien tant que les prétentions. «Quand il y a tant de montre,» dit-il, «il est rare qu'il y ait quelque chose de solide dessous,»— observation qui fait une si profonde impression sur l'esprit de sa propriétaire, qu'elle l'écrit au crayon en guise de memorandum dans sa grande Bible de famille, sur la large marge des Proverbes de Salomon.

Puis il fait faire des annonces dans le genre de celle qui suit, dans les principales maisons de publicité à six pennies—celles à un sou, il les dédaigne comme peu respectables, et comme se faisant payer leurs annonces à l'avance. Un des points de la profession de foi de notre homme d'affaires, c'est que rien ne doit se payer avant d'être fait.

DEMANDE.—Les soussignés, sur le point de commencer des opérations d'affaires très étendues dans cette ville, réclament les services de trois ou quatre secrétaires intelligents et compétents, à qui il sera fait de larges appointements. On exige les meilleures recommandations, plus encore pour l'honnêteté que pour la capacité. Comme les affaires en question impliquent de hautes responsabilités, et que des sommes considérables doivent nécessairement passer par les mains de ces employés, il a semblé opportun de demander à chacun des secrétaires engagés un dépôt de cinquante dollars. Inutile donc de se présenter, si l'on ne peut verser cette somme entre les mains des soussignés, ni fournir les témoignages de moralité les plus satisfaisants. On préférerait des jeunes gens ayant de pieuses inclinations. On pourra se présenter entre dix et onze heures du matin, et entre quatre et cinq de l'après-midi, chez Messieurs

Bogs, Hogs, Logs, Frogs et Co. n° 110, Dog Street.

Au 31 du mois, cette annonce avait amené à l'office de MM. Bogs, Hogs, Logs, Frogs et Compagnie, quinze ou vingt jeunes gens ayant de pieuses inclinations. Mais notre homme d'affaires n'est pas pressé de conclure avec l'un ou avec l'autre—un homme d'affaires ne se presse jamais—et ce n'est qu'après le plus sévère examen des pieuses inclinations de chacun des postulants que ses services sont agréés, et les cinquante dollars reçus, uniquement à titre de sage précaution, sous la respectable signature de MM. Bogs, Logs, Frogs et Compagnie. Le matin du premier jour du mois suivant, la propriétaire ne présente pas sa quittance selon sa promesse—grave négligence pour laquelle le respectable chef de la maison qui finit en *Ogs* l'aurait sans doute sévèrement réprimandée, s'il avait pu se laisser entraîner à rester dans la ville un ou deux jours de plus dans ce dessein.

Quoi qu'il en soit, les constables ont un mauvais quart d'heure à passer, bien des pas à faire en tout sens, et tout ce qu'ils peuvent faire, c'est de déclarer que l'homme d'affaires, était dans toute la force du terme, un «hen knee high,» locution que quelques personnes traduisent par N.E.I. initiales sous lesquelles il faudrait lire la phrase classique *Non Est Inventus*[56].

En attendant, les jeunes secrétaires se sentent un peu peu moins inclinés à la piété qu'auparavant, pendant que la propriétaire achète un morceau de la meilleure gomme élastique Indienne de la valeur d'un shilling, et met tous ses soins à effacer le mémorandum au crayon écrit par quelque folle dans sa grande Bible de famille, sur la large marge des Proverbes de Salomon.

L'HOMME D'AFFAIRES

«La Méthode est l'âme des Affaires.»

Vieux Dicton.

Je suis un homme d'affaires. Je suis un homme méthodique. Il n'y a rien au dessus de la méthode. Il n'y a pas de gens que je méprise plus cordialement que ces fous excentriques qui jasent de méthode sans savoir ce que c'est; qui ne s'attachent qu'à la lettre, et ne cessent d'en violer l'esprit. Ces gens-là ne manquent pas de commettre les plus énormes sottises en suivant ce qu'ils appellent une méthode régulière. C'est là, à mon avis, un véritable paradoxe. La vraie méthode ne s'applique qu'aux choses ordinaires et naturelles, et nullement à l'extraordinaire ou à l'*outré*. Quelle idée nette, je le demande, peut-on attacher à des expressions telles que celles-ci; «un dandy méthodique», ou «un feu-follet systématique?»

Mes idées sur ce sujet n'auraient sans doute pas été aussi claires qu'elles le sont, sans un bienheureux accident qui m'arriva quand j'étais encore un simple marmot. Une vieille nourrice irlandaise de bon sens, (que je n'oublierai jamais s'il plaît à Dieu) un jour que je faisais plus de bruit qu'il ne fallait, me prit par les talons, me fit tourner deux ou trois fois en rond, pour m'apprendre à crier, puis me cogna la tête à m'en faire venir des cornes, contre la colonne du lit. Cet événement, dis-je, décida de ma destinée et fit ma fortune. Une bosse se déclara sur mon sinciput, et se transforma en un charmant organe d'*ordre*, comme on peut le voir un jour d'été.

De là cette passion absolue pour le système et la régularité, qui m'a fait l'homme d'affaires distingué que je suis.

S'il y a quelque chose que je hais sur terre, c'est le génie. Vos hommes de génie sont tous des ânes bâtés—le plus grand génie n'est que le plus grand âne—et à cette règle il n'y a aucune exception. Ce qu'il y a de certain, c'est que vous ne pouvez pas plus faire d'un génie un homme d'affaires, que tirer de l'argent d'un Juif, ou des muscades d'une pomme de pin. On ne voit que des gens qui s'échappent toujours par la tangente dans quelque entreprise fantastique ou quelque spéculation ridicule, en contradiction absolue avec la convenance naturelle des choses, et ne font que des affaires qui n'en sont pas. Vous pouvez immédiatement deviner ces sortes de caractères à la nature de leurs occupations. Si, par exemple, vous voyez un homme s'établir comme marchand ou manufacturier, ou se lancer dans le commerce du coton ou du tabac, ou dans quelque autre de ces carrières excentriques, ou s'engager dans la fabrique des tissus, des savons, etc., ou vouloir être légiste, forgeron, ou médecin — ou toute autre chose en dehors des voies ordinaires — vous pouvez du premier coup le taxer de génie, et dès lors, selon la règle de trois, c'est un âne.

Or, je ne suis pas du tout un génie, mais un homme d'affaires régulier. Mon journal et mon grand livre en feront foi en un instant. Ils sont bien tenus, quoique ce ne soit pas à moi à le dire; et dans mes habitudes générales d'exactitude et de ponctualité, je ne crains pas d'être battu par une horloge. En outre, j'ai toujours su faire cadrer mes occupations avec les habitudes ordinaires de mes semblables. Non pas que sous ce rapport je me sente le moins du monde redevable à mes parents; avec leur esprit excessivement borné, ils auraient sans aucun doute fini par faire de moi un génie fieffé, si mon ange gardien n'était pas venu y mettre bon ordre. En fait de biographie la vérité est quelque chose, mais surtout en fait d'autobiographie — et cependant on aura peut-être de la peine à me croire, quand je déclarerai, avec toute la solennité possible, que mon pauvre père me plaça, vers l'âge de quinze ans, dans la maison de ce qu'il appelait «un respectable marchand au détail et à la commission faisant un gros chiffre d'affaires!» — Un gros chiffre de rien du tout! La conséquence de cette folie fut qu'au bout de deux ou trois jours j'étais renvoyé à mon obtuse famille, avec une fièvre de cheval, et une douleur très violente et très dangereuse au sinciput, qui se faisait sentir tout autour de mon organe d'ordre. Peu s'en fallut que je n'y restasse — j'en eus pour six semaines — les médecins prétendant que j'étais perdu et le reste. Mais, quoique je souffrisse beaucoup, je n'en étais pas moins un enfant plein de coeur. Je me voyais sauvé de la perspective de devenir «un respectable marchand au détail et à la commission, faisant un gros chiffre d'affaires», et je me sentais rempli de reconnaissance pour la protubérance qui avait été l'instrument de mon salut, ainsi que pour la généreuse femme, qui m'avait originairement gratifié de cet instrument.

La plupart des enfants quittent la maison paternelle à dix ou douze ans; j'attendis jusqu'à seize. Et je ne crois pas que je l'aurais encore quittée, si je n'avais un jour entendu parler à ma vieille mère de m'établir à mon propre compte dans l'épicerie. L'épicerie!—Rien que d'y penser! Je résolus de me tirer de là, et d'essayer de m'établir moi-même dans quelque occupation *décente,* pour ne pas dépendre plus longtemps des caprices de ces vieux fous, et ne pas courir le risque de finir par devenir un génie. J'y réussis parfaitement du premier coup, et le temps aidant, je me trouvai à dix-huit ans faisant de grandes et profitables affaires dans la carrière d'*annonce ambulante* pour tailleur.

Je n'étais arrivé à remplir les onéreux devoirs de cette profession qu'à force de fidélité rigide à l'instinct systématique qui formait le trait principal de mon esprit. Une *méthode* scrupuleuse caractérisait mes actions aussi bien que mes comptes. Pour moi, c'était la méthode—et non l'argent—qui faisait l'homme, au moins tout ce qui dans l'homme ne dépendait pas du tailleur que je servais. Chaque matin à neuf heures, je me présentais chez lui pour prendre le costume du jour. A dix heures, je me trouvais dans quelque promenade à la mode ou dans un autre lieu d'amusement public. La régularité et la précision avec lesquelles je tournais ma charmante personne de manière à mettre successivement en vue chaque partie de l'habit que j'avais sur le dos, faisaient l'admiration de tous les connaisseurs en ce genre. Midi ne passait jamais sans que j'eusse envoyé une pratique à la maison de mes patrons, MM. Coupe et Revenez-Demain. Je le dis avec des larmes dans les yeux—car ces messieurs se montrèrent à mon égard les derniers des ingrats. Le petit compte au sujet duquel nous nous querellâmes, et finîmes par nous séparer, ne peut, en aucun de ses articles, paraître surchargé à qui que ce soit tant soit peu versé dans les affaires. Cependant je veux me donner l'orgueilleuse satisfaction de mettre le lecteur en état de juger par lui-même. Voici le libellé de ma facture:

_MM. Coupe et Revenez-Demain, Marchands Tailleurs.

A Pierre Profit, annonce ambulante._

Doivent:

10 Juillet.—Pour promenade habituelle, et pratique envoyée à la maison L. 00, 25

11 Juillet.—Pour it. it. it. 25

12 Juillet.—Pour un mensonge, seconde classe; habit noir passé vendu pour vert invisible. 25

13 Juillet.—Pour un mensonge, première classe, qualité et dimension extra; recommandé une satinette de laine pour du drap fin. 75

20 Juillet.—Acheté un col de papier neuf, ou
dicky, pour faire valoir un Pétersham gris. 2

15 Août.—Pour avoir porté un habit à queue doublement
ouaté (76 degrés thermométriques à l'ombre) 25

16 Août.—Pour m'être tenu sur une jambe pendant trois heures, pour montrer une bande de pantalons nouveau modèle, à 12-1/2 centimes par jambe et par heure 37-1/2

17 Août.—Pour promenade ordinaire, et grosse pratique envoyée à la maison (un homme fort gras) 50

18 Août.—Pour it. it. (taille moyenne) 25

19 Août.—Pour it. it. (petit homme et mauvaise paye.) 6

L. 2, 96-1/2

L'article le plus contesté dans cette facture fut l'article bien modéré des deux pennies pour le col en papier. Ma parole d'honneur, ce n'était pas un prix déraisonnable. C'était un des plus propres, des plus jolis petits cols que j'aie jamais vus; et j'avais d'excellentes raisons de croire qu'il allait faire vendre trois Petershams. L'aîné des associés, cependant, ne voulut m'accorder qu'un penny, et alla jusqu'à démontrer de quelle manière on pouvait tailler quatre cols de la même dimension dans une feuille de papier ministre. Inutile de dire que je maintins la chose en principe. Les affaires sont les affaires, et doivent se faire à la façon des affaires. Il n'y avait aucune espèce de *système*, aucune *méthode* à m'escroquer un penny—un pur vol de cinquante pour cent. Je quittai sur-le-champ le service de MM. Coupe et Revenez-Demain, et je me lançai pour mon propre compte dans l'*Offusque l'oeil*—une des plus lucratives, des plus respectables, et des plus indépendantes des occupations ordinaires.

Ici ma stricte intégrité, mon économie, mes rigoureuses habitudes sytématiques en affaires furent de nouveau en jeu. Je me trouvai bientôt faisant un commerce florissant, et devins un homme qui comptait sur la *Place*. La vérité est que je ne barbotais jamais dans des affaires d'éclat, mais j'allais tout doucement mon petit train dans la bonne vieille routine sage de la profession—profession, dans laquelle, sans doute, je serais encore à l'heure qu'il est sans un petit accident qui me survint dans une des opérations d'affaires ordinaires au métier.

Un riche et vieux harpagon, un héritier prodigue, une corporation en faillite se mettent-ils dans la tête d'élever un palais, il n'y a pas de meilleure affaire que d'arrêter l'entreprise; c'est ce que sait tout homme intelligent. Le procédé en question est la base fondamentale du commerce de l'*Offusque-l'oeil*. Aussitôt donc que le projet de bâtisse est en pleine voie d'exécution, nous autres hommes d'affaires, nous nous assurons un joli petit coin du terrain réservé, ou un excellent petit emplacement attenant à ce terrain, ou directement en face. Cela fait, nous attendons que le palais soit à moitié bâti, et nous payons un architecte de bon goût, pour nous bâtir à la vapeur, juste contre ce palais, une baraque ornementée,—une pagode orien-tale ou hollandaise, ou une étable à cochons, ou quelque ingénieux petit morceau d'architecture fantastique dans le goût Esquimaux, Rickapoo, ou Hottentot. Naturellement, nous ne pouvons consentir à faire disparaître ces constructions à moins d'un boni de cinq cents pour cent sur le prix d'achat et de plâtre. Le pouvons-nous? Je pose la question. Je la pose aux hommes d'affaires. Il serait absurde de supposer que nous le pouvons. Et cependant il se trouva une corpo-ration assez scélérate pour me demander de le faire—de commettre une pareille énormité. Je ne répondis pas à son absurde proposition, naturellement; mais je crus qu'il était de mon devoir d'aller la nuit suivante couvrir le susdit palais de noir de fumée. Pour cela, ces stupides coquins me firent fourrer en prison; et ces Messieurs de l'*Offusque-l'oeil* ne purent s'empêcher de rompre avec moi, quand je fus rendu à la liberté.

Les affaires d'*Assauts et Coups*, dans lesquelles je fus alors forcé de m'aventurer pour vivre, étaient assez mal adaptées à la nature dé-licate de ma constitution; mais je m'y employai de grand coeur, et y trouvai mon compte, comme ailleurs, grâce aux rigides habitudes d'exactitude méthodique qui m'avaient été si rudement inculquées par cette délicieuse vieille nourrice—que je ne pourrais oublier sans être le dernier des hommes. En observant, dis-je, la plus stricte méthode dans toutes mes opérations, et en tenant bien régulièrement mes livres, je pus venir à bout des plus sérieuses difficultés, et finis par m'établir tout à fait convenablement dans la profession. Il est de fait que peu d'individus ont su, dans quelque profession que ce soit, faire de petites affaires plus serrées que moi. Je vais précisément copier une page de mon Livre-Journal; ce qui m'épargnera la peine de trompeter mon propre éloge—pratique méprisable, dont un esprit élevé ne saurait se rendre coupable. Et puis, le Livre-Journal est une chose qui ne sait pas mentir.

—*1 janvier.* Jour du nouvel an. Rencontré Brusque dans la rue—gris. Mémorandum:—il fera l'affaire. Rencontré Bourru peu de temps après, soûl comme un âne. Mem: Excellente affaire. Couché mes deux hommes sur mon grand livre, et ouvert un compte avec chacun d'eux.

2 janvier.—Vu Brusque à la Bourse, l'ai rejoint et lui ai marché sur l'orteil. Il est tombé sur moi à coups de poing et m'a terrassé. Merci, mon Dieu!—Je me suis relevé. Quelque petite difficulté pour m'entendre avec Sac, mon attorney. Je faisais monter les dommages et intérêts à mille; mais il dit que pour une simple bousculade, nous ne pouvons pas exiger plus de cinq cents. Mem: Il faudra se débarrasser de Sac:—pas le moindre *système*.

3 janvier.—Allé au théâtre, pour m'occuper de Bourru. Je l'ai vu assis dans une loge de côté au second rang, entre une grosse dame et une maigre. Lorgné toute la société jusqu'à ce que j'aie vu la grosse dame rougir et murmurer quelque chose à l'oreille de B. Je tournai alors autour de la loge, et y entrai, le nez à la portée de sa main. Allait-il me le tirer?—Non: me souffleter? J'essayai encore—pas davantage. Alors je m'assis, et fis de l'oeil à la dame maigre, et à ma grande satisfaction, le voilà qui m'empoigne par la nuque et me lance au beau milieu du parterre. Cou disloqué, et jambe droite gravement endommagée. Rentré triomphant à la maison, bu une bouteille de champagne, et inscrit mon jeune homme pour cinq mille.—Sac dit que cela peut aller.

15 février. — Fait un compromis avec M. Brusque. Somme entrée dans le journal: cinquante centimes — voir.

16 février. — Chassé par ce vilain drôle de Bourru, qui m'a fait présent de cinq dollars. Coût du procès: quatre dollars, 25 centimes. Profit net — voir Journal — soixante-cinq centimes.

Voilà donc, en fort peu de temps, un gain net d'au moins un dollar et 25 centimes — et rien que pour le cas de Brusque et de Bourru; et je puis solennellement assurer le lecteur que ce ne sont là que des extraits pris au hasard dans mon Journal.

Il y a un vieux dicton, qui n'en est pas moins vrai pour cela, c'est que l'argent n'est rien en comparaison de la santé. Je trouvais que les exigences de la profession étaient trop grandes pour mon état de santé délicate; et finissant par m'apercevoir que les coups reçus m'avaient défiguré au point que mes amis, quand ils me rencontraient dans la rue, ne reconnaissaient plus du tout Peter Profit, je conclus que je n'avais rien de mieux à faire que de m'occuper dans un autre genre. Je songeai donc à travailler dans *la Boue*, et j'y travaillai pendant plusieurs années.

Le plus grand inconvénient de cette occupation, c'est que trop de gens se prennent d'amour pour elle, et que par conséquent la concurrence est excessive. Le premier ignorant venu qui s'aperçoit qu'il n'a pas assez d'étoffe pour faire son chemin comme Annonce-ambulante, ou comme compère de l'Offusque-l'oeil, ou comme chair à pâté, s'imagine qu'il réussira parfaitement comme travailleur dans la *Boue*.

Mais il n'y a jamais eu d'idée plus erronée que de croire qu'on n'a pas besoin de cervelle pour ce métier. Surtout, on ne peut rien faire en ce genre sans méthode. Je n'ai opéré, il est vrai qu'en détail; mais grâce à mes vieilles habitudes de *système*, tout marcha sur des roulettes. Je choisis tout d'abord mon carrefour, avec le plus grand soin, et je n'ai jamais donné dans la ville un coup de balai ailleurs que *là*. J'eus soin, aussi, d'avoir sous la main une jolie petite flaque de boue, que je pusse employer à la minute. A l'aide de ces moyens, j'arrivai à être connu comme un homme de confiance; et, laissez-moi vous le dire, c'est la moitié du succès, dans le commerce. Personne n'a jamais manqué de me jeter un sou, et personne n'a traversé mon carrefour avec des pantalons propres. Et, comme on connaissait parfaitement mes habitudes en affaires, personne n'a jamais essayé de me tromper. Du reste, je ne l'aurais pas souffert. Comme je n'ai jamais trompé personne, je n'aurais pas toléré qu'on se jouât de moi. Naturellement je ne pouvais empêcher les fraudes des chaussées. Leur érection m'a causé un préjudice ruineux. Toutefois ce ne sont pas là des individus, mais des corporations — et des corporations — cela est bien connu — n'ont ni coups de pied à craindre quelque part, ni âme à damner.

Je faisais de l'argent dans cette affaire, lorsque, un jour de malheur, je me laissai aller à me perdre dans l'*Eclaboussure-du-chien* — quelque chose d'analogue, mais bien moins respectable comme profession. Je m'étais posté dans un endroit excellent, un endroit central, et j'avais un cirage et des brosses première qualité. Mon petit chien était tout engraisse, et parfaitement dégourdi. Il avait été longtemps dans le commerce, et, je puis le dire, il le connaissait à fond. Voici quel était notre procédé ordinaire: Pompey, après s'être bien roulé dans la boue, s'asseyait sur son derrière à la porte d'une boutique, et attendait qu'il vînt un dandy en bottes éblouissantes. Alors il allait à sa rencontre, et se frottait une ou deux fois à ses Wellingtons. Sur quoi le dandy jurait par tous les diables, et cherchait des yeux un cire-bottes. J'étais là, bien en vue, avec mon cirage et mes brosses. C'était l'affaire d'une minute, et j'empochais un sixpence. Cela alla assez bien pendant quelque temps — de fait, je n'étais pas cupide, mais mon chien l'était. Je lui cédais le tiers de mes profits, mais il voulut avoir la moitié. Je ne pus m'y résoudre — nous nous querellâmes et nous séparâmes.

Je m'essayai ensuite pendant quelque temps à *moudre de l'orgue*, et je puis dire que j'y réussis assez bien. C'est un genre d'affaires fort simple, qui va de soi, et ne demande pas des aptitudes spéciales. Vous prenez un moulin à musique à un seul air, et vous l'arrangez de manière à ouvrir le mouvement d'horlogerie, et vous lui donnez trois ou quatre bons coups de marteau. Vous ne pouvez vous imaginer combien cette opération améliore l'harmonie et l'effet de l'instrument. Cela fait, vous n'avez qu'à marcher devant vous avec le moulin sur votre dos, jusqu'à ce que vous aperceviez une enseigne de tanneur dans la rue, et quelqu'un qui frappe habillé de peau de daim. Alors vous vous arrêtez, avec la mine d'un homme décidé à rester là et à moudre jusqu'au jour du jugement dernier. Bientôt une fenêtre s'ouvre, et quelqu'un vous jette un sixpence en vous priant de vous taire et de vous en aller, etc ... Je sais que quelques mouleurs[57] d'orgue ont réellement consenti à déguerpir pour cette somme, mais pour moi, je trouvais que la mise de fonds était trop importante pour me permettre de m'en aller à moins d'un shilling.

Je m'adonnai assez longtemps à cette occupation; mais elle ne me satisfit pas complètement, et finalement je l'abandonnai. La vérité est que je travaillais avec un grand désavantage: je n'avais pas d'âne—et les rues en Amérique sont si boueuses, et la cohue démocratique si encombrante, et ces scélérats d'enfants si terribles!

Je fus pendant quelques mois sans emploi; mais je réussis enfin, sous le coup de la nécessité, à me procurer une situation dans la *Poste-Farce*. Rien de plus simple que les devoirs de cette profession, et ils ne sont pas sans profit. Par exemple:—De très bon matin j'avais à faire mon paquet de fausses lettres. Je griffonnais ensuite à l'intérieur quelques lignes—sur le premier sujet venu qui me semblait suffisamment mystérieux—signant toutes les lettres Tom Dobson, ou Bobby Tompkins, ou autre nom de ce genre. Après les avoir pliées, cachetées et revêtues de faux timbres—Nouvelle-Orléans, Bengale, Botany Bay, ou autre lieu fort éloigné,—je me mettais en train de faire ma tournée quotidienne, comme si j'étais le plus pressé du monde. Je m'adressais toujours aux grosses maisons pour délivrer les lettres et recevoir le port. Personne n'hésite à payer le port d'une lettre—surtout un double port—les gens sont si bêtes!—et j'avais tourné le coin de la rue avant qu'on ait eu le temps d'ouvrir les lettres. Le grand inconvénient de cette profession c'est qu'il me fallait marcher beaucoup et fort vite, et varier souvent mon itinéraire. Et puis, j'avais de sérieux scrupules de conscience. Je ne puis entendre dire qu'on a abusé de l'innocence des gens—et c'était pour moi un supplice d'entendre de quelle façon toute la ville chargeait de ses malédictions Tom Dobson et Bobby Tompkins. Je me lavai les mains de l'affaire et lâchai tout de dégoût.

Ma huitième et dernière spéculation fut l'*Elevage des Chats*. J'ai trouvé là un genre d'affaires très agréable et très lucratif, et pas la moindre peine. Le pays, comme on le sait, était infesté de chats,—si bien que pour s'en débarrasser on avait fait une pétition signée d'une foule de noms respectables, présentée à la Chambre dans sa dernière et mémorable session. L'assemblée, à cette époque, était extraordinairement bien informée, et après avoir promulgué beaucoup d'autres sages et salutaires institutions, couronna le tout par la loi sur les chats. Dans sa forme primitive, cette loi offrait une prime pour tant de *têtes* de chats (quatre sous par tête); mais le Sénat parvint à amender cette clause importante, et à substituer le mot *queues* au mot *têtes*. Cet amendement était si naturel et si convenable que la Chambre l'accepta à l'unanimité.

Aussitôt que le gouverneur eut signé le bill, je mis tout ce que j'avais dans l'achat de Toms et de Tabbies[58]. D'abord, je ne pus les nourrir que de souris (les souris sont à bon marché); mais ils remplirent le commandement de l'Ecriture d'une façon si merveilleuse, que je finis par comprendre que ce que j'avais de mieux à faire, c'était d'être libéral, et ainsi je leur accordai huîtres et tortues. Leurs queues, au taux législatif, me procurent aujourd'hui un honnête revenu; car j'ai découvert une méthode avec laquelle, sans avoir recours à l'huile de Macassar, je puis arriver à quatre coupes par an. Je fus enchanté de découvrir aussi, que ces animaux s'habituaient bien vite à la chose, et préféraient avoir la queue coupée qu'autrement. Je me considère donc comme un homme arrivé, et je suis en train de marchander un séjour de plaisance sur l'Hudson.

L'ENSEVELISSEMENT PRÉMATURÉ

Il y a certains thèmes d'un intérêt tout à fait empoignant, mais qui sont trop complètement horribles pour devenir le sujet d'une fiction régulière. Ces sujets-là, les purs romanciers doivent les éviter, s'ils ne veulent pas offenser ou dégouter. Ils ne peuvent convenablement être mis en oeuvre, que s'ils sont soutenus et comme sanctifiés par la sévérité et la majesté de la vérité. Nous frémissons, par exemple, de la plus poignante des «voluptés douloureuses» au récit du passage de la Bérésina, du tremblement de terre de Lisbonne, du massacre de la Saint-Barthélemy, ou de l'étouffement des cent vingt-trois prisonniers dans le trou noir de Calcutta. Mais dans ces récits, c'est le fait—c'est-à-dire la réalité—la vérité historique qui nous émeut. En tant que pures inventions, nous ne les regarderions qu'avec horreur.

Je viens de citer quelques-unes des plus frappantes et des plus fameuses catastrophes dont l'histoire fasse mention; mais c'est autant leur étendue que leur caractère, qui impressionne si vivement notre imagination. Je n'ai pas besoin de rappeler au lecteur, que j'aurais pu, dans le long et magique catalogue des misères humaines, choisir beaucoup d'exemples individuels plus remplis d'une véritable souffrance qu'aucune de ces vastes catastrophes collectives. La vraie misère—le comble de la douleur—est quelque chose de particulier, non de général. Si l'extrême de l'horreur dans l'agonie est le fait de l'homme unité, et non de l'homme en masse—remercions-en la miséricorde de Dieu!

Etre enseveli vivant, c'est à coup sûr la plus terrible des extrémités qu'ait jamais pu encourir une créature mortelle.

Que cette extrémité soit arrivée souvent, très souvent, c'est ce que ne saurait guère nier tout homme qui réfléchit. Les limites qui séparent la vie de la mort sont tout au moins indécises et vagues. Qui pourra dire où l'une commence et où l'autre finit? Nous savons qu'il y a des cas d'évanouissement, où toute fonction apparente de vitalité semble cesser entièrement, et où cependant cette cessation n'est, à proprement parler, qu'une pure suspension—une pause momentanée dans l'incompréhensible mécanisme de notre vie. Au bout d'un certain temps, quelque mystérieux principe invisible remet en mouvement les ressorts enchantés et les roues magiciennes. La corde d'argent n'est pas détachée pour toujours, ni la coupe d'or irréparablement brisée. Mais en attendant, où était l'âme?

Mais en dehors de l'inévitable conclusion *a priori*, que telles causes doivent produire tels effets—et que par conséquent ces cas bien connus de suspension de la la vie doivent naturellement donner lieu de temps en temps à des inhumations prématurées—en dehors, dis-je, de cette considération, nous avons le témoignage direct de l'expérience médicale et ordinaire, qui démontre qu'un grand nombre d'inhumations de ce genre ont réellement eu lieu. Je pourrais en rapporter, si cela était nécessaire, une centaine d'exemples bien authentiques.

Un de ces exemples, d'un caractère fort remarquable, et dont les circonstances peuvent être encore fraîches dans le souvenir de quelques-uns de mes lecteurs, s'est présenté il n'y a pas longtemps dans la ville voisine de Baltimore, et y a produit une douloureuse, intense et générale émotion. La femme d'un de ses plus respectables citoyens — un légiste éminent, membre du Congrès, — fut atteinte subitement d'une inexplicable maladie, qui défia complètement l'habileté des médecins. Après avoir beaucoup souffert, elle mourut, ou fut supposée morte. Il n'y avait aucune raison de supposer qu'elle ne le fût pas. Elle présentait tous les symptômes ordinaires de la mort. La face avait les traits pincés et tirés. Les lèvres avaient la pâleur ordinaire du marbre. Les yeux étaient ternes. Plus aucune chaleur. Le pouls avait cessé de battre. On garda pendant trois jours le corps sans l'ensevelir, et dans cet espace de temps il acquit une rigidité de pierre. On se hâta alors de l'enterrer, vu l'état de rapide décomposition où on le supposait.

La dame fut déposée dans le caveau de famille, et rien n'y fut dérangé pendant les trois années suivantes. Au bout de ces trois ans, on ouvrit le caveau pour y déposer un sarcophage. — Quelle terrible secousse attendait le mari qui lui-même ouvrit la porte! Au moment où elle se fermait derrière lui, un objet vêtu de blanc tomba avec fracas dans ses bras. C'était le squelette de sa femme dans son linceul encore intact.

Des recherches minutieuses prouvèrent évidemment qu'elle était ressuscitée dans les deux jours qui suivirent son inhumation, — que les efforts qu'elle avait faits dans le cercueil avaient déterminé sa chute de la saillie sur le sol, où en se brisant il lui avait permis d'échapper à la mort. Une lampe laissée par hasard pleine d'huile dans le caveau fut trouvée vide; elle pouvait bien, cependant avoir été épuisée par l'évaporation. Sur la plus élevée des marches qui descendaient dans cet horrible séjour, se trouvait un large fragment du cercueil, dont elle semblait s'être servi pour attirer l'attention en en frappant la porte de fer. C'est probablement au milieu de cette occupation qu'elle s'évanouit, ou mourut de pure terreur; et dans sa chute, son linceul s'embarrassa à quelque ouvrage en fer de l'intérieur. Elle resta dans cette position et se putréfia ainsi, toute droite.

L'an 1810, un cas d'inhumation d'une personne vivante arriva en France, accompagné de circonstances qui prouvent bien que la vérité est souvent plus étrange que la fiction. L'héroïne de l'histoire était une demoiselle Victorine Lafourcade, jeune fille d'illustre naissance, riche, et d'une grande beauté. Parmi ses nombreux prétendants se trouvait Julien Bossuet, un pauvre littérateur ou journaliste de Paris. Ses talents et son amabilité l'avaient recommandé à l'attention de la riche héritière, qui semble avoir eu pour lui un véritable amour. Mais son orgueil de race la décida finalement à l'évincer, pour épouser un monsieur Renelle, banquier, et diplomate de quelque mérite. Une fois marié, ce monsieur la négligea, ou peut-être même la maltraita brutalement. Après avoir passé avec lui quelques années misérables, elle mourut—ou au moins son état ressemblait tellement à la mort, qu'on pouvait s'y méprendre. Elle fut ensevelie—non dans un caveau,—mais dans une fosse ordinaire dans son village natal. Désespéré, et toujours brûlant du souvenir de sa profonde passion, l'amoureux quitte la capitale et arrive dans cette province éloignée où repose sa belle, avec le romantique dessein de déterrer son corps et de s'emparer de sa luxuriante chevelure. Il arrive à la tombe. A minuit il déterre le cercueil, l'ouvre, et se met à détacher la chevelure, quand il est arrêté, en voyant s'entr'ouvrir les yeux de sa bien-aimée.

La dame avait été enterrée vivante. La vitalité n'était pas encore complètement partie, et les caresses de son amant achevèrent de la réveiller de la léthargie qu'on avait prise pour la mort. Celui-ci la porta avec des transports frénétiques à son logis dans le village. Il employa les plus puissants révulsifs que lui suggéra sa science médicale. Enfin, elle revint à la vie. Elle reconnut son sauveur, et resta avec lui jusqu'à ce que peu à peu elle eût recouvré ses premières forces. Son coeur de femme n'était pas de diamant; et cette dernière leçon d'amour suffit pour l'attendrir. Elle en disposa en faveur de Bossuet. Elle ne retourna plus vers son mari, mais lui cacha sa résurrection, et s'enfuit avec son amant en Amérique. Vingt ans après, ils rentrèrent tous deux en France, dans la persuasion que le temps avait suffisamment altéré les traits de la dame, pour qu'elle ne fût plus reconnaissable à ses amis. Ils se trompaient; car à la première rencontre monsieur Renelle reconnut sa femme et la réclama. Elle résista; un tribunal la soutint dans sa résistance, et décida que les circonstances particulières jointes au long espace de temps écoulé, avaient annulé, non seulement au point de vue de l'équité, mais à celui de la légalité, les droits de son époux.

Le «Journal Chirurgical» de Leipsic — périodique de grande autorité et de grand mérite, que quelque éditeur américain devrait bien traduire et republier — rapporte dans un de ses derniers numéros un cas analogue vraiment terrible.

Un officier d'artillerie, d'une stature gigantesque et de la plus robuste santé, ayant été jeté à bas d'un cheval intraitable, en reçut une grave contusion à la tête, qui le rendit immédiatement insensible. Le crâne était légèrement fracturé, mais on ne craignait aucun danger immédiat. On lui fit avec succès l'opération du trépan. On le saigna, on employa tous les autres moyens ordinaires en pareil cas. Cependant, peu à peu, il tomba dans un état d'insensibilité de plus en plus désespéré, si bien qu'on le crut mort.

Comme il faisait très chaud, on l'ensevelit avec une précipitation indécente dans un des cimetières publics. Les funérailles eurent lieu un jeudi. Le dimanche suivant, comme d'habitude, grande foule de visiteurs au cimetière; et vers midi, l'émotion est vivement excitée, quand on entend un paysan déclarer qu'étant assis sur la tombe de l'officier, il avait distinctement senti une commotion du sol, comme si quelqu'un se débattait sous terre. D'abord on n'attacha que peu d'attention au dire de cet homme; mais sa terreur évidente, et son entêtement à soutenir son histoire produisirent bientôt sur la foule leur effet naturel. On se procura des bêches à la hâte, et le cercueil qui était indécemment à fleur de terre, fut si bien ouvert en quelques minutes que la tête du défunt apparut. Il avait toutes les apparences d'un mort, mais il était presque dressé dans son cercueil, dont il avait, à force de furieux efforts, en partie soulevé le couvercle.

On le transporta aussitôt à l'hospice voisin, où l'on déclara qu'il était encore vivant, quoique en état d'asphyxié. Quelques heures après il revenait à la vie, reconnaissait ses amis, et parlait dans un langage sans suite des agonies qu'il avait endurées dans le tombeau.

De son récit il résulta clairement qu'il avait dû avoir la conscience de son état pendant plus d'une heure après son inhumation, avant de tomber dans l'insensibilité. Son cercueil était négligemment rempli d'une terre excessivement poreuse, ce qui permettait à l'air d'y pénétrer. Il avait entendu les pas de la foule sur sa tête, et avait essayé de se faire entendre à son tour. C'était ce bruit de la foule sur le sol du cimetière, disait-il, qui semblait l'avoir réveillé d'un profond sommeil, et il n'avait pas plus tôt été réveillé, qu'il avait eu la conscience entière de l'horreur sans pareille de sa position.

Ce malheureux, raconte-t-on, se rétablissait, et était en bonne voie de guérison définitive, quand il mourut victime de la charlatanerie des expériences médicales. On lui appliqua une batterie galvanique, et il expira tout à coup dans une de ces crises extatiques que l'électricité provoque quelquefois.

A propos de batterie galvanique, il me souvient d'un cas bien connu et bien extraordinaire, dans lequel on en fit l'expérience pour ramener à la vie un jeune attorney de Londres, enterré depuis deux jours. Ce fait eut lieu en 1831, et souleva alors dans le public une profonde sensation.

Le patient, M. Edward Stapleton, était mort en apparence d'une fièvre typhoïde, accompagnée de quelques symptômes extraordinaires, qui avaient excité la curiosité des médecins qui le soignaient. Après son décès apparent, on requit ses amis d'autoriser un examen du corps *post mortem*; mais ils s'y refusèrent. Comme il arrive souvent en présence de pareils refus, les praticiens résolurent d'exhumer le corps et de le disséquer à loisir en leur particulier. Ils s'arrangèrent sans peine avec une des nombreuses sociétés de déterreurs de corps qui abondent à Londres; et la troisième nuit après les funérailles le prétendu cadavre fut déterré de sa bière enfouie à huit pieds de profondeur, et déposé dans le cabinet d'opérations d'un hôpital privé.

Une incision d'une certaine étendue venait d'être pratiquée dans l'abdomen quand, à la vue de la fraîcheur et de l'état intact des organes, on s'avisa d'appliquer au corps une batterie électrique. Plusieurs expériences se succédèrent, et les effets habituels se produisirent, sans autres caractères exceptionnels que la manifestation, à une ou deux reprises, dans les convulsions, de mouvements plus semblables que d'ordinaire à ceux de la vie.

La nuit s'avançait. Le jour allait poindre, on jugea expédient de procéder enfin à la dissection. Un étudiant, particulièrement désireux d'expérimenter une théorie de son cru, insista pour qu'on appliquât la batterie à l'un des muscles pectoraux. On fit au corps une violente échancrure, que l'on mit précipitamment en contact avec un fil, quand le patient, d'un mouvement brusque, mais sans aucune convulsion, se leva de la table, marcha au milieu de la chambre, regarda péniblement autour de lui pendant quelques secondes, et se mit à parler. Ce qu'il disait était inintelligible; mais les mots étaient articulés, et les syllabes distinctes. Après quoi, il tomba lourdement sur le plancher.

Pendant quelques moments la terreur paralysa l'assistance; mais l'urgence de la circonstance lui rendit bientôt sa présence d'esprit. Il était évident que M. Stapleton était vivant, quoique évanoui. Les vapeurs de l'éther le ramenèrent à la vie; il fut rapidement rendu à la santé et à la société de ses amis—à qui cependant on eut grand soin de cacher sa résurrection, jusqu'à ce qu'il n'y eût plus de rechute à craindre. Qu'on juge de leur étonnement—de leur transport!

Mais ce qu'il y a de plus saisissant dans cette aventure, ce sont les assertions de M. Stapleton lui-même. Il déclare qu'il n'y a pas eu un moment où il ait été complètement insensible—qu'il avait une conscience obtuse et vague de tout ce qui lui arriva, à partir du moment où ses médecins le déclarèrent *mort*, jusqu'à celui où il tomba évanoui sur le plancher de l'hospice. «Je suis vivant», telles avaient été les paroles incomprises, qu'il avait essayé de prononcer, en reconnaissant que la chambre où il se trouvait était un cabinet de dissection.

Il serait aisé de multiplier ces histoires; mais je m'en abstiendrai; elles ne sont nullement nécessaires pour établir ce fait, qu'il y a des cas d'inhumations prématurées. Et quand nous venons à songer combien rarement, vu la nature du cas, il est en notre pouvoir de les découvrir, il nous faut bien admettre, qu'elles peuvent arriver souvent sans que nous en ayons connaissance. En vérité, il arrive rarement qu'on remue un cimetière, pour quelque dessein que ce soit, dans une certaine étendue, sans qu'on n'y trouve des squelettes dans des postures faites pour suggérer les plus terribles soupçons.

Soupçons terribles en effet; mais destinée plus terrible encore! On peut affirmer sans hésitation, qu'il n'y a pas d'événement plus terriblement propre à inspirer le comble de la détresse physique et morale que d'être enterré vivant. L'oppression intolérable des poumons — les exhalaisons suffocantes de la terre humide — le contact des vêtements de mort collés à votre corps — le rigide embrassement de l'étroite prison — la noirceur de la nuit absolue — le silence ressemblant à une mer qui vous engloutit — la présence invisible, mais palpable du ver vainqueur — joignez à tout cela la pensée qui se reporte à l'air et au gazon qui verdit sur votre tête, le souvenir des chers amis qui voleraient à votre secours s'ils connaissaient votre destin, l'assurance qu'ils n'en seront *jamais* informés — que votre lot sans espérance est celui des vrais morts — toutes ces considérations, dis-je, portent avec elles dans le coeur qui palpite encore une horreur intolérable qui fait pâlir et reculer l'imagination la plus hardie. Nous ne connaissons pas sur terre de pareille agonie — nous ne pouvons rêver rien d'aussi hideux dans les royaumes du dernier des enfers. C'est pourquoi tout ce qu'on raconte à ce sujet offre un intérêt si profond — intérêt, toutefois, qui, en dehors de la terreur mystérieuse du sujet, repose essentiellement et spécialement sur la conviction où nous sommes de la *vérité* des choses racontées. Ce que je vais dire maintenant relève de ma propre connaissance, de mon expérience positive et personnelle.

Pendant plusieurs années j'ai été sujet à des attaques de ce mal singulier que les médecins se sont accordés à appeler la catalepsie, à défaut d'un terme plus exact. Quoique les causes tant immédiates que prédisposantes de ce mal, quoique ses diagnostics mêmes soient encore à l'état de mystère, ses caractères apparents sont assez bien connus. Ses variétés ne semblent guère que des variétés de degré. Quelquefois le patient ne reste qu'un jour, ou même moins longtemps encore, dans une espèce de léthargie excessive. Il a perdu la sensibilité, et est extérieurement sans mouvement, mais les pulsations du coeur sont encore faiblement perceptibles; il reste quelques traces de chaleur; une légère teinte colore encore le centre des joues; et si nous lui appliquons un miroir aux lèvres, nous pouvons découvrir une certaine action des poumons, action lourde, inégale et vacillante. D'autres fois, la crise dure des semaines entières, — même des mois; et dans ce cas, l'examen le plus scrupuleux, les épreuves les plus rigoureuses des médecins ne peuvent arriver à établir quelque distinction sensible entre l'état du patient, et celui que nous considérons comme l'état de mort absolue. Ordinairement il n'échappe à l'ensevelissement prématuré, que grâce à ses amis qui savent qu'il est sujet à la catalepsie, grâce aux soupçons qui sont la suite de cette connaissance, et, par dessus tout, à l'absence sur sa personne de tout symptôme de décomposition. Les progrès de la maladie sont, heureusement, graduels. Les premières manifestations, quoique bien marquées, sont équivoques. Les accès deviennent successivement de plus en plus distincts et prolongés. C'est dans cette gradation qu'est la plus grande sécurité contre l'inhumation. L'infortuné, dont la *première* attaque revêtirait les caractères extrêmes, ce qui se voit quelquefois, serait presque inévitablement condamné à être enterré vivant.

Mon propre cas ne différait en aucune particularité importante des cas mentionnés dans les livres de médecine. Quelquefois, sans cause apparente, je tombais peu à peu dans un état de demi-syncope ou de demi-évanouissement; et je demeurais dans cet état sans douleur, sans pouvoir remuer, ni même penser, mais conservant une conscience obtuse et léthargique de ma vie et de la présence des personnes qui entouraient mon lit, jusqu'à ce que la crise de la maladie me rendît tout à coup à un état de sensation parfaite. D'autres fois j'étais subitement et impétueusement atteint. Je devenais languissant, engourdi, j'avais des frissons, des étourdissements, et me sentais tout d'un coup abattu. Alors, des semaines entières, tout était vide pour moi, noir et silencieux; un néant remplaçait l'univers. C'était dans toute la force du terme un total anéantissement. Je me réveillais, toutefois, de ces dernières attaques peu à peu et avec une lenteur proportionnée à la soudaineté de l'accès. Aussi lentement que point l'aurore pour le mendiant sans ami et sans asile, errant dans la rue pendant une longue nuit désolée d'hiver, aussi tardive pour moi, aussi désirée, aussi bienfaisante la lumière revenait à mon âme.

A part cette disposition aux attaques, ma santé générale paraissait bonne; et je ne pouvais m'apercevoir qu'elle était affectée par ce seul mal prédominant, à moins de considérer comme son effect une idiosyncrasie qui se manifestait ordinairement pendant mon sommeil. En me réveillant, je ne parvenais jamais à reprendre tout de suite pleine et entière possession de mes sens, et je restais toujours un certain nombre de minutes dans un grand égarement et une profonde perplexité; mes facultés mentales en général, mais surtout ma mémoire, étant absolument en suspens.

Dans tout ce que j'endurais ainsi il n'y avait pas de souffrance physique, mais une infinie détresse morale. Mon imagination devenait un véritable charnier. Je ne parlais que «de vers, de tombes et d'épitaphes.» Je me perdais dans des songeries de mort, et l'idée d'être enterré vivant ne cessait d'occuper mon cerveau. Le spectre du danger auquel j'étais exposé me hantait jour et nuit. Le jour, cette pensée était pour moi une torture, et la nuit, une agonie. Quand l'affreuse obscurité se répandait sur la terre, l'horreur de cette pensée me secouait—me secouait comme le vent secoue les plumes d'un corbillard. Quand la nature ne pouvait plus résister au sommeil, ce n'était qu'avec une violente répulsion que je consentais à dormir—car je frissonnais en songeant qu'à mon réveil, je pouvais me trouver l'habitant d'une tombe. Et lorsqu'enfin je succombais au sommeil, ce n'était que pour être emporté dans un monde de fantômes, au dessus duquel, avec ses ailes vastes et sombres, couvrant tout de leur ombre, planait seule mon idée sépulcrale.

Parmi les innombrables et sombres cauchemars qui m'oppressèrent ainsi en rêves, je ne rappellerai qu'une seule vision. Il me sembla que j'étais plongé dans une crise cataleptique plus longue et plus profonde que d'ordinaire. Tout à coup je sentis tomber sur mon front une main glacée, et une voix impatiente et mal articulée murmura à mon oreille ce mot: «Lève-toi!»

Je me dressai sur mon séant. L'obscurité était complète. Je ne pouvais voir la figure de celui qui m'avait réveillé; je ne pouvais me rappeler ni l'époque à laquelle j'étais tombé dans cette crise, ni l'endroit où je me trouvais alors couché. Pendant que, toujours sans mouvement, je m'efforçais péniblement de rassembler mes idées, la main froide me saisit violemment le poignet, et le secoua rudement, pendant que la voix mal articulée me disait de nouveau:

«Lève-toi! Ne t'ai-je pas ordonné de te lever?»

«Et qui es-tu?» demandai-je.

«Je n'ai pas de nom dans les régions que j'habite», reprit la voix, lugubrement. «J'étais mortel, mais je suis un démon. J'étais sans pitié, mais je suis plein de compassion. Tu sens que je tremble. Mes dents claquent, pendant que je parle, et cependant ce n'est pas du froid de la nuit—de la nuit sans fin. Mais cette horreur est intolérable. Comment peux-tu dormir en paix? Je ne puis reposer en entendant le cri de ces grandes agonies. Les voir, c'est plus que je ne puis supporter. Lève-toi! Viens avec moi dans la nuit extérieure, et laisse-moi te dévoiler les tombes. N'est-ce pas un spectacle lamentable?—Regarde.»

Je regardai; et la figure invisible, tout en me tenant toujours par le poignet, avait fait ouvrir au grand large les tombes de l'humanité, et de chacune d'elles sortit une faible phosphorescence de décomposition, qui me permit de pénétrer du regard les retraites les plus secrètes, et de contempler les corps enveloppés de leur linceul, dans leur triste et solennel sommeil en compagnie des vers! Mais hélas! ceux qui dormaient d'un vrai sommeil étaient des millions de fois moins nombreux que ceux qui ne dormaient pas du tout. Il se produisit un léger remuement, puis une douloureuse et générale agitation; et des profondeurs des fosses sans nombre il venait un mélancolique froissement de suaires; et parmi ceux qui semblaient reposer tranquillement, je vis qu'un grand nombre avaient plus ou moins modifié la rigide et incommode position dans laquelle ils avaient été cloués dans leur tombe. Et pendant que je regardais, la voix me dit encore: «N'est-ce pas, oh! n'est-ce pas une vue pitoyable?» Mais avant que j'aie pu trouver un mot de réponse, le fantôme avait cessé de me serrer le poignet; les lueurs phosphorescentes expirèrent, et les tombes se refermèrent tout à coup avec violence, pendant que de leurs profondeurs sortait un tumulte de cris désespérés, répétant: «N'est-ce pas—ô Dieu! n'est-ce pas une vue bien pitoyable?»

Ces apparitions fantastiques qui venaient m'assaillir la nuit étendirent bientôt jusque sur mes heures de veille leur terrifiante influence. Mes nerfs se détendirent complètement, et je fus en proie à une horreur perpétuelle. J'hésitai à aller à cheval, à marcher, à me livrer à un exercice qui m'eût fait sortir de chez moi. De fait, je n'osais plus me hasarder hors de la présence immédiate de ceux qui connaissaient ma disposition à la catalepsie, de peur que, tombant dans un de mes accès habituels, je ne fusse enterré avant qu'on ait pu constater mon véritable état. Je doutai de la sollicitude, de la fidélité de mes plus chers amis.

Je craignais que, dans un accès plus prolongé que de coutume, ils ne se laissassent aller à me regarder comme perdu sans ressources. J'en vins au point de m'imaginer que, vu la peine que je leur occasionnais, ils seraient enchantés de profiter d'une attaque très prolongée pour se débarrasser complètement de moi. En vain essayèrent-ils de me rassurer par les promesses les plus solennelles. Je leur fis jurer par le plus sacré des serments que, quoi qu'il pût arriver, ils ne consentiraient à mon inhumation, que lorsque la décomposition de mon corps serait assez avancée pour rendre impossible tout retour à la vie; et malgré tout, mes terreurs mortelles ne voulaient entendre aucune raison, accepter aucune consolation.

Je me mis alors à imaginer toute une série de précautions soigneusement élaborées. Entre autres choses, je fis retoucher le caveau de famille, de manière à ce qu'il pût facilement être ouvert de l'intérieur. La plus légère pression sur un long levier prolongé bien avant dans le caveau faisait jouer le ressort des portes de fer. Il y avait aussi des arrangements pris pour laisser libre entrée à l'air et à la lumière, des réceptacles appropriés pour la nourriture et l'eau, à la portée immédiate du cercueil destiné à me recevoir. Ce cercueil était chaudement et moëlleusement matelassé, et pourvu d'un couvercle arrangé sur le modèle de la porte, c'est-à-dire muni de ressorts qui permissent au plus faible mouvement du corps de le mettre en liberté. De plus j'avais fait suspendre à la voûte du caveau une grosse cloche, dont la corde devait passer par un trou dans le cercueil, et être attachée à l'une de mes mains. Mais, hélas! que peut la vigilance contre notre destinée! Toutes ces sécurités si bien combinées devaient être impuissantes à sauver des dernières agonies un malheureux condamné à être enterré vivant!

Il arriva un moment—comme cela était déjà arrivé—où, sortant d'une inconscience totale, je ne recouvrai qu'un faible et vague sentiment de mon existence. Lentement—à pas de tortue—revenait la faible et grise lueur du jour de l'intelligence. Un malaise engourdissant. La sensation apathique d'une douleur sourde. L'absence d'inquiétude, d'espérance et d'effort.

Puis, après un long intervalle, un tintement dans les oreilles; puis, après un intervalle encore plus long, une sensation de picotement ou de fourmillement aux extrémités; puis une période de quiétude voluptueuse qui semble éternelle, et pendant laquelle mes sentiments en se réveillant essaient de se transformer en pensée; puis une courte rechute dans le néant, suivie d'un retour soudain. Enfin un léger tremblotement de paupières, et immédiatement après, la secousse électrique d'une terreur mortelle, indéfinie, qui précipite le sang en torrents des tempes au coeur.

Puis le premier effort positif pour penser, la première tentative de souvenir. Succès partiel et fugitif. Mais bientôt la mémoire recouvre son domaine, au point que, dans une certaine mesure, j'ai conscience de mon état. Je sens que je ne me réveille pas d'un sommeil ordinaire. Je me souviens que je suis sujet à la catalepsie. Et bientôt enfin, comme par un débordement d'océan, mon esprit frémissant est submergé par la pensée de l'unique et effroyable danger — l'unique idée spectrale, envahissante.

Pendant les quelques minutes qui suivirent ce cauchemar, je restai sans mouvement. Je ne me sentais pas le courage de me mouvoir. Je n'osais pas faire l'effort nécessaire pour me rendre compte de ma destinée; et cependant il y avait quelque chose dans mon coeur qui me murmurait que *c'était vrai*. Le désespoir — un désespoir tel qu'aucune autre espèce de misère n'en peut inspirer à un être humain — le désespoir seul me poussa après une longue irrésolution à soulever les lourdes paupières de mes yeux. Je les soulevai. Il faisait noir — tout noir. Je reconnus que l'accès était passé. Je reconnus que ma crise était depuis longtemps terminée. Je reconnus que j'avais maintenant recouvré l'usage de mes facultés visuelles. — Et cependant il faisait noir — tout noir — l'intense et complète obscurité de la nuit qui ne finit jamais.

J'essayai de crier, mes lèvres et ma langue desséchées se murent convulsivement à la fois dans cet effort; — mais aucune voix ne sortit des cavernes de mes poumons, qui, oppressées comme sous le poids d'une montagne, s'ouvraient et palpitaient avec le coeur, à chacune de mes pénibles et haletantes aspirations.

Le mouvement de mes mâchoires dans l'effort que je fis pour crier me montra qu'elles étaient liées, comme on le fait d'ordinaire pour les morts. Je sentis aussi que j'étais couché sur quelque chose de dur, et qu'une substance analogue comprimait rigoureusement mes flancs. Jusque-là je n'avais pas osé remuer aucun de mes membres; — mais alors je levai violemment mes bras, qui étaient restés étendus les poignets croisés. Ils heurtèrent une substance solide, une paroi de bois, qui s'étendait au dessus de ma personne, et n'était pas séparée de ma face de plus de six pouces. Je ne pouvais plus en douter, je reposais bel et bien dans un cercueil.

Cependant au milieu de ma misère infinie l'ange de l'espérance vint me visiter; — je songeai à mes précautions si bien prises. Je me tordis, fis mainte évolution spasmodique pour ouvrir le couvercle; il ne bougea pas. Je tâtai mes poignets pour y chercher la corde de la cloche; je ne trouvai rien. L'espérance s'enfuit alors pour toujours, et le désespoir — un désespoir encore plus terrible — régna triomphant; car je ne pouvais m'empêcher de constater l'absence du capitonnage que j'avais si soigneusement préparé; et soudain mes narines sentirent arriver à elles l'odeur forte et spéciale de la terre humide. La conclusion était irrésistible. Je n'étais pas dans le caveau. J'avais sans doute eu une attaque hors de chez moi — au milieu d'étrangers; — quand et comment, je ne pus m'en souvenir; et c'étaient eux qui m'avaient enterré comme un chien — cloué dans un cercueil vulgaire — et jeté profondément, bien profondément, et pour toujours, dans une fosse ordinaire et sans nom.

Comme cette affreuse conviction pénétrait jusqu'aux plus secrètes profondeurs de mon âme, une fois encore j'essayai de crier de toutes mes forces; et dans cette seconde tentative je réussis. Un cri prolongé, sauvage et continu, un hurlement d'agonie retentit à travers les royaumes de la nuit souterraine.

«Holà! Holà! vous, là-bas!» dit une voix rechignée.

«Que diable a-t-il donc?» dit un second.

«Voulez-vous bien finir?» dit un troisième.

«Qu'avez-vous donc à hurler de la sorte comme une chatte amoureuse?» dit un quatrième. Et là-dessus je fus saisi et secoué sans cérémonie pendant quelques minutes par une escouade d'individus à mauvaise mine. Ils ne me réveillèrent pas — car j'étais parfaitement éveillé quand j'avais poussé ce cri — mais ils me rendirent la pleine possession de ma mémoire.

Cette aventure se passa près de Richmond, en Virginie. Accompagné d'un ami, j'étais allé à une partie de chasse et nous avions suivi pendant quelques milles les rives de James River. A l'approche de la nuit, nous fûmes surpris par un orage. La cabine d'un petit sloop à l'ancre dans le courant, et chargé de terreau, était le seul abri acceptable qui s'offrît à nous. Nous nous en accommodâmes, et passâmes la nuit abord. Je dormis dans un des deux seuls hamacs de l'embarcation — et les hamacs d'un sloop de soixante-dix tonnes n'ont pas besoin d'être décrits. Celui que j'occupai ne contenait aucune espèce de literie. La largeur extrême était de dix-huit pouces; et la distance du fond au pont qui le couvrait exactement de la même dimension. J'éprouvai une extrême difficulté à m'y faufiler. Cependant, je dormis profondément; et l'ensemble de ma vision — car ce n'était ni un songe, ni un cauchemar — provint naturellement des circonstances de ma position — du train ordinaire de ma pensée, et de la difficulté, à laquelle j'ai fait allusion, de recueillir mes sens, et surtout de recouvrer ma mémoire longtemps après mon réveil. Les hommes qui m'avaient secoué étaient les gens de l'équipage du sloop, et quelques paysans engagés pour le décharger. L'odeur de terre m'était venue de la cargaison elle-même. Quant au bandage de mes mâchoires, c'était un foulard que je m'étais attaché autour de la tête à défaut de mon bonnet de nuit accoutumé.

Toutefois, il est indubitable que les tortures que j'avais endurées égalèrent tout à fait, sauf pour la durée, celles d'un homme réellement enterré vif. Elles avaient été épouvantables — hideuses au delà de toute conception. Mais le bien sortit du mal; leur excès même produisit en moi une révulsion inévitable. Mon âme reprit du ton, de l'équilibre. Je voyageai à l'étranger. Je me livrai à de vigoureux exercices. Je respirai l'air libre du ciel. Je songeai à autre chose qu'à la mort. Je laissai de côté mes livres de médecine. Je brûlai *Buchan*. Je ne lus plus les *Pensées Nocturnes* — plus de galimatias sur les cimetières, plus de contes terribles *comme celui-ci*. En résumé je devins un homme nouveau, et vécus en homme. A partir de cette nuit mémorable, je dis adieu pour toujours à mes appréhensions funèbres, et avec elles s'évanouit la catalepsie, dont peut-être elles étaient moins la conséquence que la cause.

Il y a certains moments où, même aux yeux réfléchis de la raison, le monde de notre triste humanité peut ressembler à un enfer; mais l'imagination de l'homme n'est pas une Carathis pour explorer impunément tous ses abîmes. Hélas! Il est impossible de regarder cette légion de terreurs sépulcrales comme quelque chose de purement fantastique; mais, semblable aux démons qui accompagnèrent Afrasiab dans son voyage sur l'Oxus, il faut qu'elle dorme ou bien qu'elle nous dévore—il faut la laisser reposer ou nous résigner à mourir.

BON-BON

Quand un bon vin meuble mon estomac,
Je suis plus savant que Balzac,
Plus sage que Pibrac;
Mon bras seul, faisant l'attaque
De la nation cosaque,
La mettrait au sac;
De Charon je passerais le lac
En dormant dans son bac;
J'irais au fier Esque,
Sans que mon coeur fit tic ni tac,
Présenter du tabac.

Vaudeville français.

Que Pierre Bon-Bon ait été un *restaurateur* de capacités peu communes, personne de ceux qui, pendant le règne de …. fréquentaient le petit café dans le cul-de-sac Le Fèbvre à Rouen, ne voudrait, j'imagine, le contester. Que Pierre Bon-Bon ait été, à un égal degré, versé dans la philosophie de cette époque, c'est, je le présume, quelque chose encore de plus difficile à nier. Ses *pâtés de foie* étaient sans aucun doute immaculés; mais quelle plume pourrait rendre justice à ses *Essais sur la nature*—à ses *Pensées sur l'âme*—à ses *Observations sur l'esprit*? Si ses *fricandeaux* étaient inestimables, quel littérateur du jour n'aurait pas payé une *Idée de Bon-Bon* le double de ce qu'il aurait donné de tout l'étalage de toutes les *Idées* de tout le reste des savants? Bon-Bon avait fouillé des bibliothèques que nul autre n'avait fouillées,—il avait lu plus de livres qu'on ne pourrait s'en faire une idée,—il avait compris plus de choses qu'aucun autre n'eût jamais conçu la possibilité d'en comprendre: et quoique au temps où il florissait, il ne manquât pas d'auteurs à Rouen pour affirmer «que ses écrits ne l'emportaient ni en pureté sur l'Académie, ni en profondeur sur le Lycée»—quoique, (remarquez bien ceci) ses doctrines ne fussent généralement pas comprises du tout, il ne s'ensuivait nullement qu'elles fussent difficiles à comprendre. Ce n'est que leur évidence absolue, je crois, qui détermina plusieurs personnes à les considérer comme abstruses. C'est à Bon-Bon—n'allons pas plus loin—c'est à Bon-Bon que Kant lui-même doit la plus grande partie de sa métaphysique. Bon-Bon il est vrai, n'était ni un Platonicien, ni, à strictement parler, un Aristotélicien—et il n'était pas homme, comme le moderne Leibnitz, à perdre les heures précieuses qui pouvaient être employées à l'invention d'une fricassée, et par une facile transition, à l'analyse d'une sensation, en tentatives frivoles pour réconcilier l'éternelle dissension de l'eau et de l'huile dans les discussions morales. Pas du tout. Bon-Bon était ionique—Bon-Bon était également italique. Il raisonnait *à priori*, il raisonnait aussi *à posteriori*. Ses idées étaient innées—ou autre chose. Il avait foi en George de Trébizonde—il avait foi aussi en Bessarion. Bon-Bon était avant tout un Bon-Boniste.

J'ai parlé des capacités de notre philosophe, en tant que *restaurateur*. Je ne voudrais cependant pas qu'un de mes amis allât s'imaginer, qu'en remplissant de ce côté ses devoirs héréditaires, notre héros n'estimait pas à leur valeur leur dignité et leur importance. Bien loin de là. Il serait impossible de dire de laquelle de ces deux professions il était le plus fier. Dans son opinion, les facultés de l'intellect avaient une liaison très étroite avec les capacités de l'estomac. Je ne suis pas éloigné de croire qu'il était assez à ce sujet de l'avis des Chinois, qui soutiennent que l'âme a son siège dans l'abdomen. En tout cas, pensait-il, les Grecs avaient raison d'employer le même mot pour l'esprit et le diaphragme[59]. En lui attribuant cette opinion, je ne veux pas insinuer qu'il avait un penchant à la gloutonnerie, ni autre charge sérieuse au préjudice du métaphysicien. Si Pierre Bon-Bon avait ses faibles — et quel est le grand homme qui n'en ait pas mille? — si Pierre Bon-Bon, dis-je, avait ses faibles, c'étaient des faibles de fort peu d'importance — des défauts, qui, dans d'autres tempéraments, auraient plutôt pu passer pour des vertus. Parmi ces faibles, il en est un tout particulier, que je n'aurais même pas mentionné dans son histoire, s'il n'y avait pas joué un rôle prédominant, et ne faisait pour ainsi dire une saillie du plus *haut relief* sur le fond uni de son caractère général: — Bon-Bon ne pouvait laisser échapper une occasion de faire un marché.

Non pas qu'il fût avaricieux, non! Pour sa satisfaction de philosophe il n'était nullement nécessaire que le marché tournât à son propre avantage. Pourvu qu'il pût réaliser un marché, — un marché de quelque espèce que ce fut, en n'importe quels termes, ou dans n'importe quelles circonstances — un triomphant sourire s'étalait plusieurs jours de suite sur sa face qu'il illuminait, et un clin d'oeil significatif annonçait clairement qu'il avait conscience de sa sagacité.

En toute époque il n'eût pas été très étonnant qu'un trait d'humeur aussi particulier que celui dont je viens de parler eût provoqué l'attention et la remarque. A l'époque de notre récit, il aurait été on ne peut plus étonnant qu'il n'eût pas donné lieu à de nombreuses observations. On raconta bientôt que, dans toutes les occasions de ce genre, le sourire de Bon-Bon était habituellement fort différent du franc rire avec lequel il accueillait ses propres facéties ou saluait un ami. On sema des insinuations propres à intriguer la curiosité, on colporta des histoires de marchés scabreux conclus à la hâte, et dont il s'était repenti à loisir; on parla, avec faits à l'appui, de facultés inexplicables, de vagues aspirations, d'inclinations surnaturelles inspirées par l'auteur de tout mal dans l'intérêt de ses propres desseins.

Notre philosophe avait encore d'autres faibles, mais qui ne valent guère la peine d'être sérieusement examinés. Par exemple il y a peu d'hommes doués d'une profondeur extraordinaire à qui ait manqué une certaine inclination pour la bouteille. Cette inclination est-elle une cause excitante, ou plutôt une preuve irréfragable de la profondeur en question? c'est chose délicate à décider. Bon-Bon, autant que je puis le savoir, ne pensait pas que ce sujet fût suceptible d'une investigation minutieuse—ni moi non plus. Cependant, dans son indulgence pour un penchant aussi essentiellement classique, il ne faut pas supposer que le *restaurateur* perdît de vue les distractions intuitives qui devaient caractériser, à la fois et dans le même temps, ses *essais* et ses *omelettes*. Grâce à ces distinctions, le vin de Bourgogne avait son heure attitrée, et les Côtes du Rhône leur moment propice. Pour lui le Sauterne était au Médoc ce que Catulle était à Homère. Il jouait avec un syllogisme en sablant du Saint-Peray, mais il démêlait un dilemme sur du Clos Vougeot et renversait une théorie dans un torrent de Chambertin. Tout eût été bien si ce même sentiment de convenance l'eût suivi dans le frivole penchant dont j'ai parlé; mais ce n'était pas du tout le cas. A dire vrai, ce trait d'humeur chez le philosophique Bon-Bon finit par revêtir un caractère d'étrange intensité et de mysticisme, et prit une teinte prononcée de la *Diablerie* de ses chères études germaniques.

Entrer dans le petit café du cul-de-sac Le Fèbvre, c'était, à l'époque de notre conte, entrer dans le *Sanctuaire* d'un homme de génie. Bon-Bon était un homme de génie. Il n'y avait pas à Rouen un *sous-cuisinier* qui n'ait pu vous dire que Bon-Bon était un homme de génie. Son énorme terre-neuve était au courant du fait, et à l'approche de son maître il trahissait le sentiment de son infériorité par une componction de maintien, un abaissement des oreilles, une dépression de la mâchoire inférieure, qui n'étaient pas tout à fait indignes d'un chien. Il est vrai, toutefois, qu'on pouvait attribuer en grande partie ce respect habituel à l'extérieur personnel du métaphysicien. Un extérieur distingué, je dois l'avouer, fera toujours impression, même sur une bête; et je reconnaîtrai volontiers que l'homme extérieur dans le *restaurateur* était bien fait pour impressionner l'imagination du quadrupède. Il y a autour du petit grand homme—si je puis me permettre une expression aussi équivoque— comme une atmosphère de majesté singulière, que le pur volume physique seul sera toujours insuffisant à produire. Toutefois, si Bon-Bon n'avait que trois pieds de haut, et si sa tête était démesurément petite, il était impossible de voir la rotondité de son ventre sans éprouver un sentiment de grandeur qui touchait presque au sublime. Dans sa dimension chiens et hommes voyaient le type de sa science—et dans son immensité une habitation faite pour son âme immortelle.

Je pourrais, si je voulais, m'étendre ici sur l'habillement et les autres détails extérieurs de notre métaphysicien. Je pourrais insinuer que la chevelure de notre héros était coupée court, soigneusement lissée sur le front, et surmontée d'un bonnet conique de flanelle blanche ornée de glands,—que son juste au corps à petits pois n'était pas à la mode de ceux que portaient alors les *restaurateurs* du commun,—que les manches étaient un peu plus pleines que ne le permettait le costume régnant,—que les parements retroussés n'étaient pas, selon l'usage en vigueur à cette époque barbare, d'une étoffe de la même qualité et de la même couleur que l'habit, mais revêtus d'une façon plus fantastique d'un velours de Gênes bigarré—que ses pantoufles de pourpre étincelante étaient curieusement ouvragées, et auraient pu sortir des manufactures du Japon, n'eussent été l'exquise pointe des bouts, et les teintes brillantes des bordures et des broderies,—que son haut de chausses était fait de cette étoffe de satin jaune que l'on appelle *aimable*,—que son manteau bleu de ciel, en forme de peignoir, et tout garni de riches dessins cramoisis, flottait cavalièrement sur ses épaules comme une brume du matin—et que *l'ensemble* de son accoutrement avait inspiré à Benevenuta, l'Improvisatrice de Florence, ces remarquables paroles: «Il est difficile de dire si Pierre Bon-Bon n'est pas un oiseau du Paradis, ou s'il n'est pas plutôt un vrai Paradis de perfection.» Je pourrais, dis-je, si je voulais, m'étendre sur tous ces points; mais je m'en abstiens; il faut laisser les détails purement personnels aux faiseurs de romans historiques; ils sont au dessous de la dignité morale de l'historien sérieux.

J'ai dit qu' «entrer dans le Café du cul-de-sac Le Fèbvre c'était entrer dans le *sanctuaire* d'un homme de génie;»—mais il n'y avait qu'un homme de génie qui pût justement apprécier les mérites du *sanctuaire*. Une enseigne, formée d'un vaste in-folio, se balançait au dessus de l'entrée. D'un côté du volume était peinte une bouteille et sur l'autre un *pâté*. Sur le dos on lisait en gros caractères: *Oeuvres de Bon-Bon*. Ainsi était délicatement symbolisée la double occupation du propriétaire.

Une fois le pied sur le seuil, tout l'intérieur de la maison s'offrait à la vue. Une chambre longue, basse de plafond, et de construction antique, composait à elle seule tout le café. Dans un coin de l'appartement était le lit du métaphysicien. Un déploiement de rideaux, et un baldaquin à la Grecque lui donnaient un air à la fois classique et confortable. Dans le coin diagonalement opposé, apparaissaient, faisant très bon ménage, la batterie de cuisine et la *bibliothèque*. Un plat de polémiques s'étalait pacifiquement sur le dressoir. Ici gisait une cuisinière pleine des derniers traités d'Ethique, là une chaudière de *Mélanges* in-12. Des volumes de morale germanique fraternisaient avec le gril — on apercevait une fourchette à rôtie à côté d'un Eusèbe — Platon s'étendait à son aise dans la poêle à frire — et des manuscrits contemporains s'alignaient sur la broche.

Sous les autres rapports, le *Café Bon-Bon* différait peu des *restaurants* ordinaires de cette époque. Une grande cheminée s'ouvrait en face de la porte. A droite de la cheminée, un buffet ouvert déployait un formidable bataillon de bouteilles étiquetées.

C'est là qu'un soir vers minuit, durant l'hiver rigoureux de ... Pierre Bon-Bon, après avoir écouté quelque temps les commentaires de ses voisins sur sa singulière manie, et les avoir mis tous à la porte, poussa le verrou en jurant, et s'enfonça d'assez belliqueuse humeur dans les douceurs d'un confortable fauteuil de cuir, et d'un feu de fagots flambants.

C'était une de ces terribles nuits, comme on n'en voit guère qu'une ou deux dans un siècle. Il neigeait furieusement, et la maison branlait jusque dans ses fondements sous les coups redoublés de la tempête; le vent s'engouffrant à travers les lézardes du mur, et se précipitant avec violence dans la cheminée, secouait d'une façon terrible les rideaux du lit du philosophe, et dérangeait l'économie de ses terrines de *pâté* et de ses papiers. L'énorme in-folio qui se balançait au dehors, exposé à la furie de l'ouragan, craquait lugubrement, et une plainte déchirante sortait de sa solide armature de chêne.

Le métaphysicien, ai-je dit, n'était pas d'humeur bien placide, quand il poussa son fauteuil à sa place ordinaire près du foyer. Bien des circonstances irritantes étaient venues dans la journée troubler la sérénité de ses méditations. En essayant des *Oeufs à la Princesse*, il avait malencontreusement obtenu une *Omelette à la Reine*; il s'était vu frustré de la découverte d'un principe d'Ethique en renversant un ragoût; enfin, le pire de tout, il avait été contrecarré dans la transaction d'un de ces admirables marchés qu'il avait toujours éprouvé tant de plaisir à mener à bonne fin. Mais à l'irritation d'esprit causée par ces inexplicables accidents, se mêlait à un certain degré cette anxiété nerveuse que produit si facilement la furie d'une nuit de tempête. Il siffla tout près de lui l'énorme chien noir dont j'ai parlé plus haut, et s'asseyant avec impatience dans son fauteuil, il ne put s'empêcher de jeter un coup d'oeil circonspect et inquiet dans les profondeurs de l'appartement où la lueur rougeâtre de la flamme ne pouvait parvenir que fort incomplètement à dissiper l'inexorable nuit. Après avoir achevé cet examen, dont le but exact lui échappait peut-être à lui-même, il attira près de son siège une petite table, couverte de livres et de papiers, et s'absorba bientôt dans la retouche d'un volumineux manuscrit qu'il devait faire imprimer le lendemain.

Il travaillait ainsi depuis quelques minutes, quand il entendit tout à coup une voix pleurnichante murmurer dans l'appartement: «Je ne suis pas pressé, monsieur Bon-Bon.»

«Diable!» éjacula notre héros, sursautant et se levant sur ses pieds, en renversant la table, regardant, les yeux écarquillés d'étonnement, autour de lui.

«Très vrai!» répliqua la voix avec calme.

«Très vrai! Qu'est-ce qui est très vrai?—Comment êtes-vous arrivé ici?» vociféra le métaphysicien, pendant que son regard tombait sur quelque chose, étendu tout de son long sur le lit.

«Je disais,» continua l'intrus, sans faire attention aux questions, «je disais que je ne suis pas du tout pressé—que l'affaire pour laquelle j'ai pris la liberté de venir vous trouver n'est pas d'une importance urgente,—bref, que je puis fort bien attendre que vous ayez fini votre Exposition.»

«Mon Exposition!—Allons, bon! Comment savez-vous?... Comment êtes-vous parvenu à savoir que j'écrivais une Exposition? Bon Dieu!» «Chut!» répondit le mystérieux personnage, d'une voix basse et aiguë. Et se levant brusquement du lit, il ne fit qu'un pas vers notre héros, pendant que la lampe de fer qui pendait du plafond se balançait convulsivement comme pour reculer à son approche.

La stupéfaction du philosophe ne l'empêcha pas d'examiner attentivement le costume et l'extérieur de l'étranger. Les lignes de sa personne, excessivement mince, mais bien au dessus de la taille ordinaire, se dessinaient dans le plus grand détail, grâce à un costume noir usé qui collait à la peau, mais qui, d'ailleurs, pour la coupe, rappelait assez bien la mode d'il y avait cent ans. Evidemment ces habits avaient été faits pour une personne beaucoup plus petite que celle qui les portait alors. Les chevilles et les poignets passaient de plusieurs pouces. A ses souliers était attachée une paire de boucles très brillantes qui démentaient l'extrême pauvreté que semblait indiquer le reste de l'accoutrement. Il avait la tête pelée, entièrement chauve, excepté à la partie postérieure d'où pendait une queue d'une longueur considérable. Une paire de lunettes vertes à verres de côté protégeait ses yeux de l'influence de la lumière, et empêchait en même temps notre héros de se rendre compte de leur couleur où de leur conformation. Sur toute sa personne, il n'y avait pas apparence de chemise; une cravate blanche, de nuance sale, était attachée avec une extrême précision autour de son cou, et les bouts, qui pendaient avec une régularité formaliste de chaque côté, suggéraient (je le dis sans intention) l'idée d'un ecclésiastique. Il est vrai que beaucoup d'autres points, tant dans son extérieur que dans ses manières, pouvaient assez bien justifier une telle hypothèse. Il portait sur son oreille gauche, à la mode d'un clerc moderne, un instrument qui ressemblait au *stylus* des anciens. D'une poche du corsage de son habit sortait bien en vue un petit volume noir, garni de fermoirs en acier. Ce livre, accidentellement ou non, était tourné à l'extérieur de manière à laisser voir les mots «Rituel-Catholique» écrits en lettres blanches sur le dos. L'ensemble de sa physionomie était singulièrement sombre, et d'une pâleur cadavérique. Le front était élevé, et profondément sillonné des rides de la contemplation. Les coins de la bouche tirés et tombants exprimaient l'humilité la plus résignée. Il avait aussi, en s'avançant vers héros, une manière de joindre les mains,—un soupir d'une telle profondeur et un regard d'une sainteté si absolue, qu'on ne pouvait se défendre d'être prévenu en sa faveur. Aussi toute trace de colère se dissipa sur le visage du métaphysicien qui, après avoir achevé à sa satisfaction l'examen de la personne de son visiteur, lui serra cordialement la main, et lui présenta un siège.

Cependant on se tromperait radicalement, en attribuant ce changement instantané dans les sentiments du philosophe à quelqu'une des causes qui sembleraient le plus naturellement l'avoir influencé. Sans doute, Pierre Bon-Bon, d'après ce que j'ai pu comprendre de ses dispositions d'esprit, était de tous les hommes le moins enclin à se laisser imposer par les apparences, quelque spécieuses qu'elles fussent. Il était impossible qu'un observateur aussi attentif des hommes et des choses ne découvrît pas, sur le moment, le caractère réel du personnage, qui venait de surprendre ainsi son hospitalité.... Pour ne rien dire de plus, il y avait dans la conformation des pieds de son hôte quelque chose d'assez remarquable — il portait légèrement sur sa tête un chapeau démesurément haut, — à la partie postérieure de ses culottes semblait trembloter quelque appendice, — et les vibrations de la queue de son habit étaient un fait palpable. Qu'on juge quels sentiments de satisfaction dut éprouver notre héros, en se trouvant ainsi, tout d'un coup, en relation avec un personnage, pour lequel il avait de tout temps observé le plus inqualifiable respect. Mais il y avait chez lui trop d'esprit diplomatique, pour qu'il lui échappât de trahir le moindre soupçon sur la situation réelle. Il n'entrait pas dans son rôle de paraître avoir la moindre conscience du haut honneur dont il jouissait d'une façon si inattendue; il s'agissait, en engageant son hôte dans une conversation, d'en tirer sur l'Ethique quelques idées importantes, qui pourraient entrer dans sa publication projetée, et éclairer l'humanité, en l'immortalisant lui-même — idées, devrais-je ajouter, que le grand âge de son visiteur, et sa profonde science bien connue en morale le rendaient mieux que personne capable de lui donner.

Entraîné par ces vues profondes, notre héros fit asseoir son hôte, et profita de l'occasion pour jeter quelques fagots sur le feu; puis il plaça sur la table remise sur ses pieds quelques bouteilles de *Mousseux*. Après s'être acquitté vivement de ces opérations, il poussa son fauteuil vis-à-vis de son compagnon, et attendit qu'il voulut bien entamer la conversation. Mais les plans les plus habilement mûris sont souvent entravés au début même de leur exécution — et le *restaurateur* se trouva *à quia* dès les premiers mots que prononça son visiteur.

«Je vois que vous me connaissez, Bon-Bon» dit-il; «ha! ha! ha!—hé! hé! hé!—hi! hi! hi!—ho! ho! ho!—hu! hu! hu!»—et le diable, dépouillant tout à coup la sainteté de sa tenue, ouvrit dans toute son étendue un rictus allant d'une oreille à l'autre, de manière à déployer une rangée de dents ébréchées, semblables à des crocs; et renversant sa tête en arrière, il s'abandonna à un long, bruyant, sardonique et infernal ricanement, pendant que le chien noir, se tapissant sur ses hanches, faisait vigoureusement chorus et que la chatte mouchetée, filant par la tangente, faisait le gros dos, et miaulait désespérément dans le coin le plus éloigné de l'appartement.

Notre philosophe se conduisit plus décemment: il était trop homme du monde pour rire, comme le chien, ou pour trahir, comme la chatte, sa terreur par des cris. Il faut avouer qu'il éprouva un léger étonnement, en voyant les lettres blanches qui formaient les mots *Rituel Catholique* sur le livre de la poche de son hôte changer instantanément de couleur et de sens, et en quelques secondes, à la place du premier titre, les mots *Registre des condamnés* flamboyer en caractères rouges. Cette circonstance renversante, lorsque Bon-Bon voulut répondre à la remarque de son visiteur, lui donna un air embarrassé, qui autrement sans doute aurait passé inaperçu.

«Oui, monsieur,» dit le philosophe, «oui, monsieur, pour parler franchement … je crois, sur ma parole, que vous êtes … le di … di….—C'est-à-dire, je crois … il me semble … j'ai quelque idée … quelque très faible idée … de l'honneur remarquable….»

«Oh!—Ah!—Oui!—Très bien!» interrompit Sa Majesté; «n'en dites pas davantage.—Je comprends.» Et là-dessus, ôtant ses lunettes vertes, il en essuya soigneusement les verres avec la manche de son habit, et les mit dans sa poche.

Si l'incident du livre avait intrigué Bon-Bon, son étonnement s'accrut singulièrement au spectacle qui se présenta alors à sa vue. En levant les yeux avec un vif sentiment de curiosité, pour se rendre compte de la couleur de ceux de son hôte, il s'aperçut qu'ils n'étaient ni noirs, comme il avait cru—ni gris, comme on aurait pu l'imaginer—ni couleur noisette, ni bleus—ni même jaunes ou rouges—ni pourpres ni bleus,—ni verts,—ni d'aucune autre couleur des cieux, de la terre, ou de la mer. Bref, Pierre Bon-Bon s'aperçut clairement, non seulement que Sa Majesté n'avait pas d'yeux du tout, mais il ne put découvrir aucun indice qu'il en ait jamais eu auparavant, — car à la place où naturellement il aurait dû y avoir des yeux, il y avait, je suis forcé de le dire, un simple morceau uni de chair morte.

Notre métaphysicien n'était pas homme à négliger de s'enquérir des sources d'un si étrange phénomène; la réplique de Sa Majesté fut à la fois prompte, digne et fort satisfaisante.

«Des yeux! mon cher monsieur Bon-Bon — des yeux! avez-vous dit. — Oh! — Ah! Je conçois! Eh, les ridicules imprimés qui circulent sur mon compte, vous ont sans doute donné une fausse idée de ma figure. Des yeux! vrai! — Des yeux, Pierre Bon-Bon, font très bien dans leur véritable place — la tête, direz-vous? Oui, la tête d'un ver. Pour *vous* ces instruments d'optique sont quelque chose d'indispensable — cependant je veux vous convaincre que ma vue est plus pénétrante que la vôtre. Voilà une chatte que j'aperçois dans le coin — une jolie chatte — regardez-la, — observez-la bien. Eh bien, Bon-Bon, voyez-vous les pensées — oui, dis-je, les pensées — les idées — les réflexions, qui s'engendrent dans son péricrâne? Y êtes-vous? Non, vous ne les voyez pas! Eh bien, elle pense que nous admirons la longueur de sa queue, et la profondeur de son esprit. Elle en est à cette conclusion que je suis le plus distingué des ecclésiastiques, et que vous êtes le plus superficiel des métaphysiciens. Vous voyez donc que je ne suis pas tout à fait aveugle; mais pour une personne de ma profession les yeux dont vous parlez ne seraient qu'un appendice embarrassant exposé à chaque instant à être crevé par une broche ou une fourche. Pour vous, je l'accordé, ces brimborions optiques sont indispensables. Tâchez, Bon-Bon, d'en bien user — *moi*, ma vue, c'est l'âme.»

Là dessus, l'étranger se servit du vin, et versant une pleine rasade à Bon-Bon, l'engagea à boire sans scrupule, comme s'il était chez lui.

«Un excellent livre que le vôtre, Pierre,» reprit Sa Majesté, en tapant familièrement sur l'épaule de notre ami, quand celui-ci eut déposé son verre après avoir exécuté à la lettre l'injonction de son hôte, «un excellent livre que le vôtre, sur mon honneur! C'est un ouvrage selon mon coeur. Cependant, je crois qu'on pourrait trouver à redire à l'arrangement des matières, et beaucoup de vos opinions me rappellent Aristote. Ce philosophe était une de mes plus intimes connaissances. Je l'aimais autant pour sa terrible mauvaise humeur que pour l'heureux tic qu'il avait de commettre des bévues. Il n'y a dans tout ce qu'il a écrit qu'une seule vérité solide, et encore la lui ai-je soufflée par pure compassion pour son absurdité. Je suppose, Pierre Bon-Bon, que vous savez parfaitement à quelle divine vérité morale je fais allusion?»

«Je ne saurais dire….»

«Bah!—Eh bien, c'est moi qui ai dit à Aristote, qu'en éternuant, les hommes éliminaient le superflu de leurs idées par la proboscide.»

«Ce qui est….—(*Un hoquet*) indubitablement le cas!» dit le métaphysicien, en se versant une autre rasade de Mousseux, et en offrant sa tabatière aux doigts de son visiteur.

«Il y a eu Platon aussi,» continua Sa Majesté, en déclinant modestement la tabatière et le compliment qu'elle impliquait—«il y a eu Platon aussi, pour qui un certain temps j'ai ressenti toute l'affection d'un ami. Vous avez connu Platon, Bon-Bon?—Ah! non, je vous demande mille pardons.—Un jour il me rencontra à Athènes dans le Parthénon, et me dit qu'il était fort en peine de trouver une idée. Je l'engageai à émettre celle-ci: «o nous estin aulos.» Il me dit qu'il le ferait, et rentra chez lui, pendant que je me dirigeais du côté des pyramides. Mais ma conscience me gourmanda d'avoir articulé une vérité, même pour venir en aide à un ami, et retournant en toute hâte à Athènes, je me trouvai derrière la chaire du philosophe au moment même où il écrivait le mot «aulos.» Donnant au [lambda] une chiquenaude du bout du doigt, je le retournai sens dessus dessous. C'est ainsi qu'on lit aujourd'hui ce passage: «o nous estin augos, et c'est là, vous le savez, la doctrine fondamentale de sa métaphysique[60].»

«Avez-vous été à Rome? demanda le *restaurateur*, en achevant sa seconde bouteille de Mousseux, et tirant du buffet une plus ample provision de Chambertin.»

«Une fois seulement, monsieur Bon-Bon, rien qu'une fois. C'était l'époque», dit le diable,—comme s'il récitait quelque passage d'un livre,—«c'était l'époque où régna une anarchie de cinq ans, pendant laquelle la république, privée de tous ses mandataires, n'eut d'autre magistrature que celle des tribuns du peuple, qui n'étaient légalement revêtus d'aucune prérogative du pouvoir exécutif—c'est uniquement à cette époque, monsieur Bon-Bon, que j'ai été à Rome, et, comme je n'ai aucune accointance mondaine, je ne connais rien de sa philosophie.[61]»

«Que pensez-vous de… (*Un hoquet*) que pensez-vous d'Epicure?»

«Ce que je pense de celui-là!» dit le diable, étonné, vous n'allez pas, je pense, trouver quelque chose à redire dans Epicure! Ce que je pense d'Epicure! Est-ce de moi que vous voulez parler, monsieur? — C'est *moi* qui suis Epicure! Je suis le philosophe qui a écrit, du premier au dernier, les trois cents traités dont parle Diogène Laërce.

«C'est un mensonge!» s'écria le métaphysicien; car le vin lui était un peu monté à la tête.

«Très bien! — Très bien, monsieur!

—Fort bien, en vérité, monsieur!» dit Sa Majesté, évidemment peu flattée.

«C'est un mensonge!» répéta le *restaurateur*, d'un ton dogmatique; «c'est un …. (*Un hoquet*) mensonge!» ¦

«Bien, bien, vous avez votre idée!» dit le diable pacifiquement; et Bon-Bon, après avoir ainsi battu le diable sur ce sujet, crut qu'il était de son devoir d'achever une seconde bouteille de Chambertin.

«Comme je vous le disais,» reprit le visiteur, «comme je vous l'observais tout à l'heure, il y a quelques opinions outrées dans votre livre, monsieur Bon-Bon. Par exemple, qu'entendez-vous avec tout ce radotage sur l'âme? Dites-moi, je vous prie, monsieur, qu'est-ce que l'âme?»

«L'….(*Un hoquet*) — l'âme,» répondit le métaphysicien, en se reportant à son manuscrit, «c'est indubitablement…»

«Non, monsieur!»

«Sans aucun doute…»

«Non, monsieur!»

«Incontestablement….»

«Non, monsieur!»

«Evidemment….»

«Non, monsieur!»

«Sans contredit….»

«Non, monsieur!»

«(*Un hoquet*)»

«Non, monsieur!»

«Il est hors de doute que c'est un…..»

«Non, monsieur, l'âme n'est pas cela du tout.» (Ici, le philosophe, lançant des regards foudroyants, se hâta d'en finir avec sa troisième bouteille de Chambertin.)

«Alors, (*Un hoquet*) dites-moi, monsieur, ce que c'est.»

«Ce n'est ni ceci ni cela, monsieur Bon-Bon,» répondit Sa Majesté, rêveuse. «J'ai goûté…. je veux dire, j'ai connu de fort mauvaises âmes, et quelques-unes aussi—assez bonnes.» Ici, il fit claquer ses lèvres, et ayant inconsciemment laissé tomber sa main sur le volume de sa poche, il fut saisi d'un violent accès d'éternuement.

Il continua:

«Il y a eu l'âme de Cratinus—passable; celle d'Aristophane,—un fumet tout à fait particulier; celle de Platon—exquise—non pas *votre* Platon, mais Platon, le poète comique; votre Platon aurait retourné l'estomac de Cerbère. Pouah!—Voyons, encore! Il y a eu Noevius Andronicus, Plaute et Térence. Puis il y a eu Lucilius, Nason, et Quintus Flaccus,—ce cher Quintus! comme je l'appelais, quand il me chantait un *seculare* pour m'amuser pendant que je le faisais rôtir, uniquement pour farcer, au bout d'une fourchette. Mais ces Romains manquent de *saveur*. Un Grec bien gras en vaut une douzaine, et puis cela *se conserve*, ce qu'on ne peut pas dire d'un Quirite.—Si nous tâtions de votre Sauterne.»

Bon-Bon s'était résigné à mettre en pratique le *nil admirari*; il se mit en devoir d'apporter les bouteilles en question. Toutefois il lui semblait entendre dans la chambre un bruit étrange, comme celui d'une queue qui remue. Quelque indécent que ce fût de la part de Sa

112

Majesté, notre philosophe cependant ne fit semblant de rien; — il se contenta de donner un coup de pied à son chien, en le priant de rester tranquille. Le visiteur continua:

«J'ai trouvé à Horace beaucoup du goût d'Aristote; — vous savez que je suis amoureux fou de variété. Je n'aurais pas distingué Térence de Ménandre. Nason, à mon grand étonnement, n'était qu'un Nicandre déguisé. Virgile avait un fort accent de Théocrite. Martial me rappela Archiloque — et Tite-Live était un Polybe tout craché.»

Bon-Bon répliqua par un hoquet et Sa Majesté poursuivit:

«Mais, si j'ai un *penchant*, monsieur Bon-Bon, — si j'ai un penchant, c'est pour un philosophe. Cependant, laissez-moi vous le dire, monsieur, le premier dia…. — pardon, je veux dire le premier monsieur venu, n'est pas apte à bien *choisir* son philosophe. Les longs ne sont pas bons; et les meilleurs, s'ils ne sont pas soigneusement écalés, risquent bien de sentir un peu le rance, à cause de la bile.»

«Ecalés?»

«Je veux dire: tirés de leur carcasse.

«Que pensez-vous d'un — (*Un hoquet*) — médecin?»

«Ne m'en parlez pas! — Horreur! Horreur!» (Ici Sa Majesté eut un violent haut-le-coeur.) Je n'en ai jamais tâté que d'un — ce scélérat d'Hippocrate! Il sentait l'*assa foetida.* — Pouah! Pouah! Pouah! — J'attrapai un abominable rhume en lui faisant prendre un bain dans le Styx — et malgré tout il me donna le choléra morbus.»

«Oh! le… (*Hoquet*) le misérable!» éjacula Bon-Bon, «l'a… (*Hoquet*) l'avorton de boîte à pilules!» et le philosophe versa une larme.

«Après tout,» continua le visiteur, «après tout, si un dia… si un homme comme il faut veut vivre, il doit avoir plus d'une corde à son arc. Chez nous une face grasse est un signe évident de diplomatie.»

«Comment cela?»

«. Vous savez, nous sommes quelquefois extrêmement à court de provisions. Vous ne devez pas ignorer que, dans un climat aussi chaud que le nôtre, il est souvent impossible de conserver une âme vivante plus de deux ou trois heures; et quand on est mort, à moins d'être immédiatement mariné, (et une âme marinée n'est plus bonne) on sent — vous, comprenez, hein! Il y a toujours à craindre la putréfaction, quand les âmes nous viennent par la voie ordinaire.»

«Bon... (*Deux hoquets*) — bon Dieu! comment vous en tirez-vous?»

Ici la lampe de fer commença à s'agiter avec un redoublement de violence, et le diable sursauta sur son siège. Cependant, après un léger soupir, il reprit contenance et se contenta de dire à notre héros à voix basse: «Je voulais vous dire, Pierre Bon-Bon, qu'il ne faut plus jurer.»

Le philosophe avala une autre rasade, pour montrer qu'il comprenait parfaitement et qu'il acquiesçait. Le visiteur continua:

«Hé bien, nous avons plusieurs manières de nous en tirer. La plupart d'entre nous crèvent de faim; quelques-uns s'accommodent de la marinade; pour ma part, j'achète mes âmes *vivente corpore*; je trouve que, dans cette condition, elles se conservent assez bien.»

«Mais le corps!... (*Un hoquet*) le corps!»

«Le corps, le corps! qu'advient-il du corps?... Ah! je conçois. Mais, monsieur, le corps n'a rien à voir dans la transaction. J'ai fait dans le temps d'innombrables acquisitions de cette espèce, et le corps n'en a jamais éprouvé le moindre inconvénient. Ainsi il y a eu Caïn et Nemrod, Néron et Caligula, Denys et Pisistrate, puis... un millier d'autres; tous ces gens-là, dans la dernière partie de leur vie, n'ont jamais su ce que c'est que d'avoir une âme; et cependant, monsieur, ils ont fait l'ornement de la société. N'y a-t-il pas à l'heure qu'il est un A...[62] que vous connaissez aussi bien que moi? N'est-il pas en possession de toutes ses facultés, intellectuelles et corporelles? Qui donc écrit une meilleure épigramme? Qui raisonne avec plus d'esprit? Qui donc....? Mais attendez. J'ai son contrat dans ma poche.»

Et ce disant, il produisit un portefeuille de cuir rouge, et en tira un certain nombre de papiers. Sur quelques-uns de ces papiers Bon-Bon saisit au passage les syllabes *Machi... Maça....Robesp....*[63] et les mots *Caligula, George, Elizabeth.* Sa Majesté prit dans le nombre une bande étroite de parchemin, où elle lut à haute voix les mots suivants:

«En considération de certains dons intellectuels qu'il est inutile de spécifier, et en outre du versement d'un millier de louis d'or, moi soussigné, âgé d'un an et d'un mois, abandonne au porteur du présent engagement tous mes droits, titres et propriété sur l'ombre que l'on appelle mon âme.»

Signé: A.....

(Ici Sa Majesté prononça un nom que je ne me crois pas autorisé à indiquer d'une manière moins équivoque.)

«Un habile homme, celui-là» reprit l'hôte; «mais comme vous, monsieur
Bon-Bon, il s'est mépris au sujet de l'âme. L'âme une ombre, vraiment!
L'âme une ombre! Ha! Ha! Ha! — Hé! Hé! Hé! — Hu! Hu! Hu! Vous imaginez-vous une ombre fricassée?»

«M'imaginer... (*Un hoquet*) une ombre fricassée!» s'écria notre héros, dont les facultés commençaient à s'illuminer de toute la profondeur du discours de Sa Majesté.

«M'imaginer une (*Hoquet*) ombre fricassée! Je veux être damné (*Un hoquet*) Humph! si j'étais un pareil — humph — nigaud! Mon âme *à moi*, Monsieur.... — humph!

«Votre âme *à vous*, Monsieur Bon-Bon.»

«Oui, monsieur.....humph! mon âme est...»

«Quoi, monsieur?

«N'est pas une ombre, certes!»

«Voulez-vous dire par là....?»

«Oui, monsieur, mon âme est... humph! oui, monsieur.»

«Auriez-vous l'intention d'affirmer...?»

«Mon âme est.... humph!... particulièrement propre à.... humph!.... à être....»

«Quoi, monsieur?»

«Cuite à l'étuvée.»

«Ha!»

«Soufflée.»

«Eh!»

«Fricassée.»

«Ah, bah!»

«En ragoût ou en fricandeau — et tenez, mon excellent compère, je veux bien vous la céder…. Humph!… un marché!» Ici le philosophe tapa sur le dos de sa Majesté.

«Pouvais-je m'attendre à cela?» dit celui-ci tranquillement, en se levant de son siège. Le métaphysicien écarquilla les yeux.

«Je suis fourni pour le moment,» dit Sa Majesté.

«Humph! — Hein?» dit le philosophe.

«Je n'ai pas de fonds disponibles.»

«Quoi?»

«D'ailleurs, il serait malséant de ma part….»

«Monsieur! «

«De profiter de….»

«Humph!»

«De la dégoûtante et indécente situation où vous vous trouvez.»

Ici le visiteur s'inclina et disparut — il serait difficile de dire précisément de quelle façon. Mais dans l'effort habilement concerté que fit Bon-Bon pour lancer une bouteille à la tête du vilain, la mince chaîne qui pendait au plafond fut brisée, et le métaphysicien renversé tout de son long par la chute de la lampe.

LA CRYPTOGRAPHIE

Il nous est difficile d'imaginer un temps où n'ait pas existé, sinon la nécessité, au moins un désir de transmettre des informations d'individu à individu, de manière à déjouer l'intelligence du public; aussi pouvons-nous hardiment supposer que l'écriture chiffrée remonte à une très haute antiquité. C'est pourquoi, De la Guilletière nous semble dans l'erreur, quand il soutient, dans son livre: «*Lacédémone ancienne et moderne*», que les Spartiates furent les inventeurs de la Cryptographie. Il parle des *scytales*, comme si elles étaient l'origine de cet art; il n'aurait dû les citer que comme un des plus anciens exemples dont l'histoire fasse mention.

Les *scytales* étaient deux cylindres en bois, exactement semblables sous tous rapports. Le général d'une armée partant, pour une expédition, recevait des Ephores un de ces cylindres, et l'autre restait entre leurs mains. S'ils avaient quelque communication à se faire, une lanière étroite de parchemin était enroulée autour de la scytale, de manière à ce que les bords de cette lanière fussent exactement accolés l'un à l'autre. Alors on écrivait sur le parchemin dans le sens de la longueur du cylindre, après quoi on déroulait la bande, et on l'expédiait. Si par hasard, le message était intercepté, la lettre restait inintelligible pour ceux qui l'avaient saisie. Si elle arrivait intacte à sa destination, le destinataire n'avait qu'à en envelopper le second cylindre pour déchiffrer l'écriture. Si ce mode si simple de cryptographie est parvenu jusqu'à nous, nous le devons probablement plutôt aux usages historiques qu'on en faisait qu'à toute autre cause. De semblables moyens de communication secrète ont dû être contemporains de l'invention des caractères d'écriture.

Il faut remarquer, en passant, que dans aucun des traités de Cryptographie venus à notre connaissance, nous n'avons rencontré, au sujet du chiffre de la scytale, aucune autre méthode de solution que celles qui peuvent également s'appliquer à tous les chiffres en général. On nous parle, il est vrai, de cas où les parchemins interceptés ont été réellement déchiffrés; mais on a soin de nous dire que ce fut toujours accidentellement. Voici cependant une solution d'une certitude absolue. Une fois en possession de la bande de parchemin, on n'a qu'à faire faire un cône relativement d'une grande longueur —

soit de six pieds de long—et dont la circonférence à la base soit au moins égale à la longueur de la bande. On enroulera ensuite cette bande sur le cône près de la base, bord contre bord, comme nous l'avons décrit plus haut; puis, en ayant soin de maintenir toujours les bords contre les bords, et le parchemin bien serré sur le cône, on le laissera glisser vers le sommet. Il est impossible, qu'en suivant ce procédé, quelques-uns des mots, ou quelques-unes des syllabes et des lettres, qui doivent se rejoindre, ne se rencontrent pas au point du cône où son diamètre égale celui de la scytale sur laquelle le chiffre a été écrit. Et comme, en faisant parcourir à la bande toute la longueur du cône, on traverse tous les diamètres possibles, on ne peut manquer de réussir. Une fois que par ce moyen on a établi d'une façon certaine la circonférence de la scytale, on en fait faire une sur cette mesure, et l'on y applique le parchemin.

Il y a peu de personnes disposées à croire que ce n'est pas chose si facile que d'inventer une méthode d'écriture secrète qui puisse défier l'examen. On peut cependant affirmer carrément que l'ingéniosité humaine est incapable d'inventer un chiffre qu'elle ne puisse résoudre. Toutefois ces chiffres sont plus ou moins facilement résolus, et sur ce point il existe entre diverses intelligences des différences remarquables. Souvent, dans le cas de deux individus reconnus comme égaux pour tout ce qui touche aux efforts ordinaires de l'intelligence, il se rencontrera que l'un ne pourra démêler le chiffre le plus simple, tandis que l'autre ne trouvera presque aucune difficulté à venir à bout du plus compliqué. On peut observer que des recherches de ce genre exigent généralement une intense application des facultés analytiques; c'est pour cela qu'il serait très utile d'introduire les exercices de solutions cryptographiques dans les Académies, comme moyens de former et de développer les plus importantes facultés de l'esprit.

Supposons deux individus, entièrement novices en cryptographie, désireux d'entretenir par lettres une correspondance inintelligible à tout autre qu'à eux-mêmes, il est très probable qu'ils songeront du premier coup à un alphabet particulier, dont ils auront chacun la clef. La première combinaison qui se présentera à eux sera celle-ci, par exemple: prendre *a* pour *z*, *b* pour *y*, *c* pour *x*, *d* pour *n*, etc. etc.; c'est-à-dire, renverser l'ordre des lettres de l'alphabet. A une seconde réflexion, cet arrangement paraissant trop naturel, ils en adopteront un plus compliqué. Ils pourront, par exemple, écrire les 13 premières lettres de l'alphabet sous les 13 dernières, de cette façon:

nopqrstuvwxyz abcdefghijklm;

et, ainsi placés, *a* serait pris pour *n* et *n* pour *a*, *o* pour *b* et *b* pour *o*, etc., etc. Mais cette combinaison ayant un air de régularité trop facile à pénétrer, ils pourraient se construire une clef tout à fait au hasard, par exemple:

prendre a pour p b x c u d o, etc.

Tant qu'une solution de leur chiffre ne viendra pas les convaincre de leur erreur, nos correspondants supposés s'en tiendront à ce dernier arrangement, comme offrant toute sécurité. Sinon, ils imagineront peut-être un système de signes arbitraires remplaçant les caractères usuels. Par exemple:

(pourrait signifier a . b , c ; d) e, etc.

Une lettre composée de pareils signes aurait incontestablement une apparence fort rébarbative. Si toutefois ce système ne leur donnait pas pleine satisfaction, ils pourraient imaginer un alphabet toujours changeant, et le réaliser de cette manière:

Prenons deux morceaux de carton circulaires, différant de diamètre entre eux d'un demi-pouce environ. Plaçons le centre du plus petit carton sur le centre du plus grand, en les empêchant pour un instant de glisser; le temps de tirer des rayons du centre commun à la circonférence du petit cercle, et de les étendre à celle du plus grand. Tirons vingt-six rayons, formant sur chaque carton vingt-six compartiments. Dans chacun de ces compartiments sur le cercle inférieur écrivons une des lettres de l'alphabet, qui se trouvera ainsi employé tout entier; écrivons-les au hasard, cela vaudra mieux. Faisons la même chose sur le cercle supérieur. Maintenant faisons tourner une épingle à travers le centre commun, et laissons le cercle supérieur tourner avec l'épingle, pendant que le cercle inférieur est tenu immobile. Arrêtons la révolution du cercle supérieur, et écrivons notre lettre en prenant pour *a* la lettre du plus petit cercle qui correspond à l'*a* du plus grand, pour *b*, la lettre du plus petit cercle qui correspond au *b* du plus grand, et ainsi de suite. Pour qu'une lettre ainsi écrite puisse être lue par la personne à qui elle est destinée, une seule chose est nécessaire, c'est qu'elle ait en sa possession des cercles identiques à ceux que nous venons de décrire, et qu'elle connaisse deux des lettres (une du cercle inférieur et une du cercle supérieur) qui se trouvaient juxtaposées, au moment où son correspondant a écrit son chiffre. Pour cela, elle n'a qu'à regarder les deux lettres initiales du document qui lui serviront de clef. Ainsi, en voyant les deux lettres *a m* au commencement, elle en conclura qu'en faisant tourner ses cercles de manière à faire coïncider ces deux lettres, elle obtiendra l'alphabet employé.

A première vue, ces différents modes de cryptographie ont une apparence de mystère indéchiffrable. Il paraît presque impossible de démêler le résultat de combinaisons si compliquées. Pour certaines personnes en effet ce serait une extrême difficulté, tandis que pour d'autres qui sont habiles à déchiffrer, de pareilles énigmes sont ce qu'il y a de plus simple. Le lecteur devra se mettre dans la tête que tout l'art de ces solutions repose sur les principes généraux qui président à la fonction du langage lui-même, et que par conséquent il est entièrement indépendant des lois particulières qui régissent un chiffre quelconque, ou la construction de sa clef. La difficulté de déchiffrer une énigme cryptographique n'est pas toujours en rapport avec la peine qu'elle a coûtée, ou l'ingéniosité qu'a exigée sa construction. La clef, en définitive, ne sert qu'à ceux qui sont au fait du chiffre; la tierce personne qui déchiffre n'en a aucune idée. Elle force la serrure. Dans les différentes méthodes de cryptographie que j'ai exposées, on observera qu'il y a une complication graduellement croissante. Mais cette complication n'est qu'une ombre: elle n'existe pas en réalité. Elle n'appartient qu'à la composition du chiffre, et ne porte en aucune façon sur sa solution. Le dernier système n'est pas du tout plus difficile à déchiffrer que le premier, quelle que puisse être la difficulté de l'un ou de l'autre.

En discutant un sujet analogue dans un des journaux hebdomadaires de cette ville, il y a dix-huit mois environ, l'auteur de cet article a eu l'occasion de parler de l'application d'une *méthode* rigoureuse dans toutes les formes de la pensée, — des avantages de cette méthode — de la possibilité d'en étendre l'usage à ce que l'on considère comme les opérations de la pure imagination — et par suite de la solution de l'écriture chiffrée. Il s'est aventuré jusqu'à déclarer qu'il se faisait fort de résoudre tout chiffre, analogue à ceux dont je viens de parler, qui serait envoyé à l'adresse du journal. Ce défi excita, de la façon la plus inattendue, le plus vif intérêt parmi les nombreux lecteurs de cette feuille. Des lettres arrivèrent de toutes parts à l'éditeur; et beaucoup de ceux qui les avaient écrites étaient si convaincus de l'impénétrabilité de leurs énigmes qu'ils ne craignirent pas de l'engager dans des paris à ce sujet. Mais en même temps, ils ne furent pas toujours scrupuleux sur l'article des conditions. Dans beaucoup de cas les cryptographies sortaient complètement des limites fixées. Elles employaient des langues étrangères. Les mots et les phrases se confondaient sans intervalles. On employait plusieurs alphabets dans un même chiffre. Un de ces messieurs, d'une conscience assez peu timorée, dans un chiffre composé de barres et de crochets, étrangers à la plus fantastique typographie, alla jusqu'à mêler ensemble au moins *sept alphabets différents*, sans intervalles entre les lettres, ou même entre les lignes. Beaucoup de ces cryptographies étaient datées de Philadelphie, et plusieurs lettres qui insistaient sur le pari furent écrites par des citoyens de cette ville. Sur une centaine de chiffres, peut-être reçus en tout, il n'y en eut qu'un que nous ne parvînmes pas immédiatement à résoudre. Nous avons démontré que ce chiffre était une imposture—c'est-à-dire un jargon composé au hasard et n'ayant aucun sens. Quant à l'épître des sept alphabets, nous eûmes le plaisir d'ahurir son auteur par une prompte et satisfaisante traduction.

Le journal en question fut, pendant plusieurs mois, grandement occupé par ces solutions hiéroglyphiques et cabalistisques de chiffres qui nous venaient des quatre coins de l'horizon. Cependant à l'exception de ceux qui écrivaient ces chiffres, nous ne croyons pas qu'on eût pu, parmi les lecteurs du journal, en trouver beaucoup qui y vissent autre chose qu'une hâblerie fieffée. Nous voulons dire que personne ne croyait réellement à l'authenticité des réponses. Les uns prétendaient que ces mystérieux logogriphes n'étaient là que pour donner au journal un air *drôle*, en vue d'attirer l'attention. Selon d'autres, il était plus probable que non seulement nous résolvions les chiffres, mais encore que nous composions nous-même les énigmes pour les résoudre. Comme les choses en étaient là, quand on jugea à propos d'en finir avec cette diablerie, l'auteur de cet article profita de l'occasion pour affirmer la sincérité du journal en question,—pour repousser les accusations de mystification dont il fut assailli, — et pour déclarer en son propre nom que les chiffres avaient tous été écrits de bonne foi, et résolus de même.

Voici un mode de correspondance secrète très ordinaire et assez simple. Une carte est percée à des intervalles irréguliers de trous oblongs, de la longueur des mots ordinaires de trois syllabes du type vulgaire. Une seconde carte est préparée identiquement semblable. Chaque correspondant a sa carte. Pour écrire une lettre, on place la carte percée qui sert de clef sur le papier, et les mots qui doivent former le vrai sens s'écrivent dans les espaces libres laissés par la carte.

Puis on enlève la carte, et l'on remplit les blancs de manière à obtenir un sens tout à fait différent du véritable. Le destinataire, une fois le chiffre reçu, n'a qu'à y appliquer sa propre carte, qui cache les mots superflus, et ne laisse paraître que ceux qui ont du sens. La principale objection à ce genre de cryptographie, c'est la difficulté de remplir les blancs de manière à ne pas donner à la pensée un tour peu naturel. De plus, les différences d'écriture qui existent entre les mots écrits dans les espaces laissés par la carte, et ceux que l'on écrit une fois la carte enlevée, ne peuvent manquer d'être découvertes par un observateur attentif.

On se sert quelquefois d'un paquet de cartes de cette façon: Les correspondants s'entendent, tout d'abord, sur un certain arrangement du paquet. Par exemple: on convient de faire suivre les couleurs dans un ordre naturel, les piques au dessus, les coeurs ensuite, puis les carreaux et les trèfles. Cet arrangement fait, on écrit sur la première carte la première lettre de son épître, sur la suivante, la seconde, et ainsi de suite, jusqu'à ce qu'on ait épuisé les cinquante-deux cartes. On mêle ensuite le paquet d'après un plan concerté à l'avance. Par exemple: on prend les cartes du talon et on les place dessus, puis une du dessus que l'on met au talon, et ainsi de suite, un nombre de fois déterminé. Cela fait, on écrit de nouveau cinquante-deux lettres, et l'on suit la même marche jusqu'à ce que la lettre soit écrite. Le correspondant, ce paquet reçu, n'a qu'à placer les cartes dans l'ordre convenu, et lire lettre par lettre les cinquante-deux premiers caractères. Puis il mêle les cartes de la manière susdite, pour déchiffrer la seconde série et ainsi de suite jusqu'à la fin. Ce que l'on peut objecter contre ce genre de cryptographie, c'est le caractère même de la missive. Un *paquet de cartes* ne peut manquer d'éveiller le soupçon, et c'est une question de savoir s'il ne vaudrait pas mieux empêcher les chiffres d'être considérés comme tels que de perdre son temps à essayer de les rendre indéchiffrables, une fois interceptés.

L'expérience démontre que les cryptographies les plus habilement construites, une fois suspectées, finissent toujours par être déchiffrées.

On pourrait imaginer un mode de communication secrète d'une sûreté peu commune; le voici: les correspondants se munissent chacun de la même édition d'un livre—l'édition la plus rare est la meilleure—comme aussi le livre le plus rare. Dans la cryptographie, on emploie les nombres, et ces nombres renvoient à l'endroit qu'occupent les lettres dans le volume. Par exemple—on reçoit un chiffre qui commence ainsi: 121-6-8. On n'a alors qu'à se reporter à la page 121, sixième lettre à gauche de la page à la huitième ligne à partir du haut de la page. Cette lettre est la lettre initiale de l'épître—et ainsi de suite. Cette méthode est très sûre; cependant il est encore *possible* de déchiffrer une cryptographie écrite d'après ce plan—et d'autre part une grande objection qu'elle encourt, c'est le temps considérable qu'exige sa solution, même avec le volume-clef.

Il ne faudrait pas supposer que la cryptographie sérieuse, comme moyen de faire parvenir d'importantes informations, a cessé d'être en usage de nos jours. Elle est communément pratiquée en diplomatie; et il y a encore aujourd'hui des individus, dont le métier est celui de déchiffrer les cryptographies sous l'oeil des divers gouvernements. Nous avons dit plus haut que la solution du problème cryptographique met singulièrement en jeu l'activité mentale, au moins dans les cas de chiffres d'un ordre plus élevé. Les bons cryptographes sont rares, sans doute; aussi leurs services, quoique rarement réclamés, sont nécessairement bien payés.

Nous trouvons un exemple de l'emploi moderne de l'écriture chiffrée dans un ouvrage publié dernièrement par MM. Lea et Blanchard de Philadelphie:—«Esquisses des hommes remarquables de France actuellement vivants.» Dans une notice sur Berryer, il est dit qu'une lettre adressée par la Duchesse de Berri aux Légitimistes de Paris pour les informer de son arrivée, était accompagnée d'une longue note chiffrée, dont on avait oublié d'envoyer là clef. «L'esprit pénétrant de Berryer,» dit le biographe, «l'eut bientôt découverte. C'était cette phrase substituée aux 24 lettres de l'alphabet:—«*Le gouvernement provisoire.*»

Cette assertion que «Berryer eut bientôt découvert la phrase-clef,» prouve tout simplement que l'auteur de ces notices est de la dernière innocence en fait de science cryptographique. M. Berryer sans aucun doute arriva à découvrir la clef; mais ce ne fut que pour satisfaire sa curiosité, *une fois l'énigme résolue.* Il ne se servit en aucune façon de la clef pour la déchiffrer. Il força la serrure.

Dans le compte-rendu du livre en question (publié dans le numéro d'avril de ce Magazine [64]) nous faisions ainsi allusion à ce sujet.

«Les mots «*Le gouvernement provisoire*» sont des mots français, et la note chiffrée s'adressait à des Français. On pourrait supposer la difficulté beaucoup plus grande, si la clef avait été en langue étrangère; cependant le premier venu qui voudra s'en donner la peine n'a qu'à nous adresser une note, construite dans le même système, et prendre une clef française, italienne, espagnole, allemande, latine ou grecque (ou en quelque dialecte que ce soit de ces langues) et nous nous engageons à résoudre l'énigme.»

Ce défi ne provoqua qu'une seule réponse, incluse dans la lettre suivante. Tout ce que nous reprochons à cette lettre, c'est que celui qui l'a écrite ait négligé de nous donner son nom en entier. Nous le prions de vouloir bien le faire au plus tôt, afin de nous laver auprès du public du soupçon qui s'attacha à la cryptographie du journal dont j'ai parlé plus haut—que nous nous donnions à nous-même des énigmes à déchiffrer. Le timbre de la lettre porte *Stonington, Conn.*

S...., Ct, 21 Juin, 1841.

A l'éditeur du Graham's Magazine.

Monsieur,—Dans votre numéro d'avril, où vous rendez compte de la traduction par M. Walsh des «Esquisses des hommes remarquables de France actuellement vivants», vous invitez vos lecteurs à vous adresser une note chiffrée, «dont la phrase-clef serait empruntée aux langues française, italienne, espagnole, allemande, latine ou grecque», et vous vous engagez à la résoudre. Vos remarques ayant appelé mon attention sur ce genre de cryptographie, j'ai composé pour mon propre amusement les exercices suivants. Dans le premier la phrase-clef est en anglais—dans le second, en latin. Comme je n'ai pas vu (par le numéro de Mai) que quelqu'un de vos correspondants ait répondu à votre offre, je prends la liberté de vous envoyer ces chiffres, sur lesquels, si vous jugez qu'ils en vaillent la peine, vous pourrez exercer votre sagacité.

Respectueusement à vous,

S.D.L.

N° 1.

Cauhiif aud ftd sdftirf ithot tacd wdde rdchtdr tiu fuaefshffheo fdoudf hetiusafhie tuis ied herh-chriai fi aeiftdu wn sdaef it iuhfheo hiidohwid fi aen deodsf ths tiu itis hf iaf iuhoheaiin rdff hedr; aer ftd auf it ftif fdoudfin oissiehoafheo hefdiihodeod taf wdd eodeduaiin fdusdr ouasfiouastn. Saen fsdohdf it fdoudf iuhfheo idud weiie fi ftd aeohdeff; fisdfhsdf a fiacdf tdar iaf fiacdr aer ftd ouiie iubffde isie ihft fisd herdihwid oiiiiuheo tiihr, atfdu ithot ftd tahu wdheo sdushffdr fi ouii aoahe, hetiu-safhie oiiir wd fuaefshffdr ihft ihffid raeodu ftaf rhfoicdun iiir defid iefhi ftd aswiiafiun dshffid fatdin udaotdrhff rdffheafhie. Ounsfiouastn tiidcou siud suisduin dswuaodf ftifd sirdf it iuhfheo ithot aud uderdudr idohwid iein wn sdaef it fisd desia-cafium wdn ithot sawdf weiie ftd udai fhoehthoafhie it ftd ohstduf dssiindr fi hff siffdffiu.

N° 2.

Ofoiioiiaso ortsii sov eodisdioe afduiostifoi ft iftvi sitrioistoiv oiniafetsorit ifeov rsri afotiiiiv ri-diiot irio rivvio eovit atrotfetsoria aioriti iitri tf oitovin tri aerifei ioreitit sov usttoi oioittstifo dfti afdooitior trso ifeov tri dfit otftfeov softriedi ft oistoiv oriofifioriti suiteii viireiiitifoi it tri iarfoi-siti iiti trir uet otiiiotiv uitfti rid io tri eovi-ieeiiiv rfasiieostr ft rii dftrit tfoeei.

La solution du premier de ces chiffres nous a donné assez de peine. Le second nous a causé une difficulté extrême, et ce n'est qu'en mettant en jeu toutes nos facultés que nous avons pu en venir à bout. Le premier se lit ainsi[65]:

«Various are the methods which have been devised for transmitting secret information from one individual to another by means of writing, illegible to any except him for whom it was originally destined; and the art of thus secretly communicating intelligence has been generally termed *cryptography*. Many species of secret writing were known to the ancients. Sometimes a slave's head was shaved and the crown written upon with some indelible colouring fluid; after which the hair being permitted to grow again, information could be transmitted with little danger that discovery would ensue until the ambulatory epistle safely reached its destination. Cryptography, however pure, properly embraces those modes of writing which are rendered legible only by means of some explanatory key which makes known the real signification of the ciphers employed to its possessor.»

La phrase-clef de cette cryptographie est:

— «A word to the wise is sufficient[66].»

La seconde se traduit ainsi[67]:

«Nonsensical phrases and unmeaning combinations of words, as the learned lexicographer would have confessed himself, when hidden under cryptographic ciphers, serve to *perplex* the curious enquirer, and baffle penetration more completely than would the most profound *apophtegms* of learned philosophers. Abstruse disquisitions of the scoliasts were they but presented before him in the undisguised vocabulary of his mother tongue....»

Le sens de la dernière phrase, on le voit, est suspendu. Nous nous sommes attaché à une stricte épellation. Par mégarde, la lettre *d* a été mise à la place de *l* dans le mot *perplex*.

La phrase-clef est celle-ci: «*Suaviter in modo, fortiter in re.*»

Dans la cryptographie ordinaire, comme on le verra par la plupart de celles dont j'ai donné des exemples, l'alphabet artificiel dont conviennent les correspondants s'emploie lettre pour lettre, à la place de l'alphabet usuel. Par exemple — deux personnes veulent entretenir une correspondance secrète. Elles conviennent avant de se séparer que le signe

) signifiera a (» b — » c * » d . » e , » f ; » g : » h ? » i ou j ! » k
& » l o » m ' » n + » o [I] » p [P] » q -> » r] » s [» t £ » u ou v [S]
» w ¿ » x ¡ » y <- » z

Il s'agit de communiquer cette note:

«We must see you immediately upon a matter of great importance.
Plots have been discovered, and the conspirators are in our hands.
Hasten[68]!»

On écrirait ces mots:

[chiffre]

Voilà qui a certainement une apparence fort compliquée, et pa-
raîtrait un chiffre fort difficile à quiconque ne serait pas versé, en
cryptographie. Mais on remarquera que *a*, par exemple, n'est jamais
représenté par un autre signe que), *b* par un autre signe que (et
ainsi de suite. Ainsi, par la découverte, accidentelle ou non, d'une
seule des lettres, la personne interceptant la missive aurait déjà un
grand avantage, et pourrait appliquer cette connaissance à tous les
cas où le signe en question est employé dans le chiffre.

D'autre part, les cryptographies, qui nous ont été envoyées par
notre correspondant de Stonington, identiques en construction avec
le chiffre résolu par Berryer, n'offrent pas ce même avantage.

Examinons par exemple la seconde de ces énigmes. Sa phrase-clef
est: «*Suaviter in modo, fortiter in re.*»

Plaçons maintenant l'alphabet sous cette phrase, lettre sous lettre;
nous aurons:

suaviterinmodofortiterinre

abcdefghijklmnopqrstuvwxyz

où l'on voit que: a est pris pour c d » » » m e » » » » g, u et z f »
» » o i » » » » e, i, s et w m » » » » k n » » » » j et x o » » » » l, n et p r » »
» h, q, v et y s » » » » a t » » » » f, r et t u » » » » b v » » » » d

De cette façon *n* représente deux lettres et *e*, *o* et *t* en représentent
chacune trois, tandis que *i* et *r* n'en représentent pas moins de quatre. Treize caractères seulement jouent le rôle de tout l'alphabet. Il en
résulte que le chiffre a l'air d'être un pur mélange des lettres *e*, *o*, *t*, *r*

et *i*, cette dernière lettre prédominant surtout, grâce à l'accident qui lui fait représenter les lettres qui par elles-mêmes prédominent extraordinairement dans la plupart des langues — à savoir *e* et *i*.

Supposons une lettre de ce genre interceptée et la phrase-clef inconnue, on peut imaginer que l'individu qui essaiera de la déchiffrer arrivera, en le devinant, ou par tout autre moyen, à se convaincre qu'un certain caractère (*i* par exemple) représente la lettre *e*. En parcourant la cryptographie pour se confirmer dans cette idée, il n'y rencontrera rien qui n'en soit au contraire la négation. Il verra ce caractère placé de telle sorte qu'il ne peut représenter un *e*. Par exemple, il sera fort embarrassé par les quatre *i* formant un mot entier, sans l'intervention d'aucune autre lettre, cas auquel, naturellement, ils ne peuvent tous être des *e*. On remarquera que le mot *wise* peut ainsi être formé. Nous le remarquons, nous, qui sommes en possession de la clef; mais à coup sûr on peut se demander comment, sans la clef, sans connaître une seule lettre du chiffre, il serait possible à celui qui a intercepté la lettre de tirer quelque chose d'un mot tel que *iiii*.

Mais voici qui est plus fort. On pourrait facilement construire une phrase-clef, où un seul caractère représenterait six, huit ou dix lettres. Imaginons-nous le mot *iiiiiiiii* se présentant dans une cryptographie à quelqu'un qui n'a pas la clef, ou si cette supposition est par trop scabreuse, supposons en présence de ce mot la personne même à qui le chiffre est adressé, et en possession de la clef. Que fera-t-elle d'un pareil mot? Dans tous les manuels d'Algèbre on trouve la *formule* précise pour déterminer le nombre d'arrangements selon lesquels un certain nombre de lettres *m* et *n* peuvent être placées. Mais assurément aucun de mes lecteurs ne peut ignorer quelles innombrables combinaisons on peut faire avec ces dix *i*. Et cependant, à moins d'un heureux accident, le correspondant qui recevra ce chiffre devra parcourir toutes les combinaisons avant d'arriver au vrai mot, et encore quand il les aura toutes écrites, sera-t-il singulièrement embarrassé pour choisir le vrai mot dans le grand nombre de ceux qui se présenteront dans le cours de son opération.

Pour obvier à cette extrême difficulté en faveur de ceux qui sont en possession de la clef, tout en la laissant entière pour ceux à qui le chiffre n'est pas destiné, il est nécessaire que les correspondants conviennent d'un certain *ordre*, selon lequel on devra lire les caractères qui représentent plus d'une lettre; et celui qui écrit la cryptographie devra avoir cet *ordre* présent à l'esprit. On peut convenir, par exemple, que la première fois que l'*i* se présentera dans le chiffre, il représentera le caractère qui se trouve sous le premier *i* dans la phrase-clef, et la seconde fois, le second caractère correspondant au second *i* de la clef, etc., etc. Ainsi il faudra considérer quelle place chaque caractère du chiffre occupe par rapport au caractère lui-même pour déterminer sa signification exacte.

Nous disons qu'un tel *ordre* convenu à l'avance est nécessaire pour que le chiffre n'offre pas de trop grandes difficultés même à ceux qui en possèdent la clef. Mais on n'a qu'à regarder la cryptographie de notre correspondant de Stonington pour s'apercevoir qu'il n'y a observé aucun ordre, et que plusieurs caractères y représentent, dans la plus absolue confusion, plusieurs autres. Si donc, au sujet du gant que nous avons jeté au publié en avril, il se sentait quelque velléité de nous accuser de fanfaronnade, il faudra cependant bien qu'il admette que nous avons fait honneur et au delà à notre prétention. Si ce que nous avons dit alors n'était pas dit *suaviter in modo*, ce que nous faisons aujourd'hui est au moins fait *fortiter in re*.

Dans ces rapides observations nous n'avons nullement essayé d'épuiser le sujet de la cryptographie; un pareil sujet demanderait un in-folio. Nous n'avons voulu que mentionner quelques-uns des systèmes de chiffres les plus ordinaires. Il y a deux mille ans, Aeneas Tacticus énumérait vingt méthodes distinctes, et l'ingéniosité moderne a fait faire à cette science beaucoup de progrès. Ce que nous nous sommes proposé surtout, c'est de suggérer des idées, et peut-être n'avons-nous réussi qu'à fatiguer le lecteur. Pour ceux qui désireraient de plus amples informations à ce sujet, nous leur dirons qu'il existe des traités sur la matière par Trithemius, Cap. Porta, Vignère, et le P. Nicéron. Les ouvrages des deux derniers peuvent se trouver, je crois, dans la bibliothèque de Harvard University. Si toutefois on s'attendait à rencontrer dans ces Essais des *règles pour la solution du chiffre*, on pourrait se trouver fort désappointé. En dehors de quelques aperçus touchant la structure générale du langage, et de quelques essais minutieux d'application pratique de ces aperçus, le lecteur n'y trouvera rien à retenir qu'il ne puisse trouver dans son propre entendement.

DU PRINCIPE POÉTIQUE[69]

En parlant du Principe poétique, je n'ai pas la prétention d'être ou complet ou profond. En discutant à l'aventure de ce qui constitue l'essence de ce qu'on appelle Poésie, le principal but que je me propose est d'appeler l'attention sur quelques-uns des petits poèmes anglais ou américains qui sont le plus de mon goût, ou qui ont laissé sur mon imagination l'empreinte la plus marquée. Par *petits poèmes* j'entends, naturellement, des poèmes de peu d'étendue. Et ici qu'on me permette, en commençant, de dire quelques mots d'un principe assez particulier, qui, à tort ou à raison, a toujours exercé une certaine influence sur les jugements critiques que j'ai portés sur la poésie. Je soutiens qu'il n'existe pas de long poème; que cette phrase «un long poème» est tout simplement une contradiction dans les termes.

Il est à peine besoin d'observer qu'un poème ne mérite ce nom qu'autant qu'il émeut l'âme en l'élevant. La valeur d'un poème est en raison directe de sa puissance d'émouvoir et d'élever. Mais toutes les émotions, en vertu d'une nécessité psychique, sont transitoires. La dose d'émotion nécessaire à un poème pour justifier ce titre ne saurait se soutenir dans une composition d'une longue étendue. Au bout d'une demi-heure au plus, elle baisse, tombe; — une révulsion s'opère — et dès lors le poème, de fait, cesse d'être un poème.

Ils ne sont pas rares, sans doute, ceux qui ont trouvé quelque difficulté à concilier cet axiome critique, «que le Paradis Perdu est à admirer religieusement d'un bout à l'autre» avec l'impossibilité absolue où nous sommes de conserver, durant la lecture entière, le degré d'enthousiasme que cet axiome suppose. En réalité, ce grand ouvrage ne peut être réputé poétique, que si, perdant de vue cette condition vitale exigée de toute oeuvre d'art, l'Unité, nous le considérons simplement comme une série de petits poèmes détachés. Si, pour sauver cette Unité, — la totalité d'effet ou d'impression qu'il produit — nous le lisons (comme il le faudrait alors) tout d'un trait, le seul résultat de cette lecture, c'est de nous faire passer alternativement de l'enthousiasme à l'abattement. A certain passage, où nous sentons une véritable poésie, succèdent, inévitablement, des platitudes qu'aucun préjugé critique ne saurait nous forcer d'admirer; mais si, après avoir parcouru l'ouvrage en son entier, nous le relisons, laissant de côté le premier livre pour commencer par le second, nous serons tout surpris de trouver maintenant admirable ce qu'auparavant nous condamnions—et condamnable ce qu'auparavant nous ne pouvions trop admirer. D'où il suit, que l'effet final, total et absolu du poème épique, le meilleur même qui soit sous le soleil, est nul—c'est là un fait incontestable.

Si nous passons à l'Iliade, à défaut de preuves positives, nous avons au moins d'excellentes raisons de croire que, dans l'intention de son auteur, elle ne fut qu'une série de pièces lyriques; si l'on veut y voir une intention épique, tout ce que je puis dire alors, c'est que l'oeuvre repose sur un sentiment imparfait de l'art. L'épopée moderne est une imitation de ce prétendu modèle épique ancien, mais une imitation maladroite et aveugle. Mais le temps de ces méprises artistiques est passé. Si, à certaine époque, un long poème a pu être réellement populaire—ce dont je doute—il est certain du moins qu'il ne peut plus l'être désormais.

Que l'étendue d'une oeuvre poétique soit, toutes choses égales d'ailleurs, la mesure de son mérite, c'est là sans doute une proposition assez absurde—quoique nous en soyons redevables à nos Revues trimestrielles. Assurément, il ne peut y avoir dans la pure étendue, abstractivement considérée dans le pur volume d'un livre, rien qui ait pu exciter une admiration si prolongée de la part de ces taciturnes pamphlets! Une montagne, sans doute, par le seul sentiment de grandeur physique qu'elle éveille, peut nous inspirer l'émotion du sublime; mais quel est l'homme qui soit impressionné de cette façon par la grandeur matérielle de *la Colombiade* même? Les Revues du moins ne nous ont pas encore appris le moyen de l'être. Il est vrai qu'elles ne nous disent pas crûment que nous devons estimer Lamartine au pied carré, ou Pollock à la livre;—et cependant quelle autre conclusion tirer de leurs continuelles rodomontades sur «l'effort soutenu du génie»? Si par «un effort soutenu» un petit monsieur a accouché d'un épique, nous sommes tout disposés à lui tenir franchement compte de l'effort—si toutefois cela en vaut la peine; mais qu'il nous soit permis de ne pas juger de l'oeuvre sur l'effort. Il faut espérer que le sens commun, à l'avenir, aimera mieux juger une oeuvre d'art par l'impression et l'effet produits, que par le temps qu'elle met à produire cet effet ou la somme d'«effort soutenu» qu'il a fallu pour réaliser cette impression. La vérité est que la persévérance est une chose, et le génie une autre, et toutes les *Quarterlies* de la Chrétienté ne parviendront pas à les confondre. En attendant, on ne peut se refuser à reconnaître l'évidence de ma proposition et celle des considérations qui l'appuient. En tous cas, si elles passent généralement pour des erreurs condamnables, il n'y a pas là de quoi compromettre gravement leur vérité.

D'autre part, il est clair qu'un poème peut pécher par excès de brièveté. Une brièveté excessive dégénère en épigramme. Un poème trop court peut produire çà et là un vif et brillant effet; mais non un effet profond et durable. Il faut à un sceau un temps de pression suffisant pour s'imprimer sur la cire. Béranger a écrit quantité de choses piquantes et émouvantes, mais en général ce sont choses trop légères pour s'imprimer profondément dans l'attention publique, et ainsi, les créations de son imagination, comme autant de plumes aériennes, n'ont apparu que pour être emportées par le vent.

Un remarquable exemple de ce que peut produire une brièveté exagérée pour compromettre un poème et l'empêcher de devenir populaire, c'est l'exquise petite *Sérénade* que voici:

Je m'éveille de rêver de toi
    Dans le premier doux sommeil de la nuit,
Lorsque les vents respirent tout bas,
    Et que rayonnent les brillantes étoiles.
Je m'éveille de rêver de toi,
    Et un esprit dans mes pieds
M'a conduit — qui sait comment?
    Vers la fenêtre de ta chambre, douce amie!

Les brises vagabondes se pâment
    Sur ce sombre, ce silencieux courant;
Les odeurs du champac s'évanouissent
    Comme de douces pensées dans un rêve;
La complainte du rossignol

Meurt sur son coeur,
Comme je dois mourir sur le tien,
    O bien-aimée que tu es!

Oh! soulève-moi du gazon!
    Je meurs, je m'évanouis, je succombe!
Laisse ton amour en baisers pleuvoir
    Sur mes lèvres et mes paupières pâles!
    Ma joue est froide et blanche, hélas!
    Mon coeur bat fort et vite;
Oh! presse-le encore une fois tout contre le tien,
    Où il doit se briser enfin.

Ces vers ne sont peut-être familiers qu'à peu de lecteurs; et cependant ce n'est pas moins qu'un poète comme Shelley qui les a écrits[70]. Tout le monde appréciera cette chaleur d'une imagination en même temps si délicate et si éthérée; mais personne ne la sentira aussi pleinement que celui qui vient de sortir des doux rêves de la bien-aimée pour se baigner dans l'air parfumé d'une nuit d'été australe.

Un des poèmes les plus achevés de Willis[71], le meilleur assurément à mon avis qu'il ait jamais écrit, a dû sans doute à ce même excès de brièveté de ne pas occuper la place qui lui est due tant aux yeux des critiques que devant l'opinion populaire.

Les ombres s'étendaient le long de Broadway,
    Proche était l'heure du crépuscule,
Et lentement une belle dame
    S'y promenait dans son orgueil.
Elle se promenait seule; mais invisibles,
    Des esprits marchaient à son côté.

Sous ses pieds la Paix charmait la terre,
    Et l'Honneur enchantait l'air;
Tous ceux qui passaient la regardaient avec complaisance,
    Et l'appelaient bonne autant que belle,
Car tout ce que Dieu lui avait donné

Elle le conservait avec un soin jaloux.

Elle gardait avec soin ses rares beautés
  Des amoureux chauds et sincères —
Son coeur pour tout était froid, excepté pour l'or,
  Et les riches ne venaient pas lui faire la cour; —
Mais quel honneur pour des charmes à vendre,
  Si les prêtres se chargent du marché!

Maintenant elle marchait, vierge encore plus belle.
  Vierge éthérée, pâle comme un lis:
Et elle avait maintenant une compagnie invisible
  Capable de désespérer l'âme —
Entre le besoin et le mépris elle marchait délaissée,
  Et rien ne pouvait la sauver.

Aucun pardon maintenant ne peut rasséréner son front
  De la paix de ce monde, pour prier;
Car pendant que la prière égarée de l'amour s'est dissipée dans
l'air,
  Son coeur de femme s'est donné libre carrière!
Mais le péché pardonné par Christ dans le ciel
  Sera toujours maudit par l'homme!

Nous avons quelque peine à reconnaître dans cette composition le
Willis qui a écrit tant de «vers de société.» Non seulement elle est
richement idéale; mais les vers en sont pleins d'énergie, et respirent
une chaleur, une sincérité de sentiment évidente, que nous cherche-
rions en vain dans tous les autres ouvrages de l'auteur.

Pendant que la manie épique — l'idée que pour avoir du mérite en
poésie, la prolixité est indispensable — disparaissait peu à peu depuis quelques années de l'esprit du public, en vertu même de son
absurdité, nous voyions lui succéder une autre hérésie d'une fausse-
té trop palpable pour être longtemps tolérée; mais qui, pendant la
courte période qu'elle a déjà duré, a plus fait à elle seule pour la
corruption de notre littérature poétique que tous ses autres ennemis
à la fois. Je veux dire l'hérésie du *Didactique*. Il est reçu, implicite-
ment et explicitement, directement et indirectement, que la dernière

fin de toute Poésie est la Vérité. Tout poème, dit-on, doit inculquer une morale, et c'est par cette morale qu'il faut apprécier le mérite poétique d'un ouvrage. Nous autres Américains surtout, nous avons patronné cette heureuse idée, et c'est particulièrement à nous, Bostoniens, qu'elle doit son entier développement. Nous nous sommes mis dans la tête, qu'écrire un poème uniquement pour l'amour de la poésie, et reconnaître que tel a été notre dessein en l'écrivant, c'est avouer que le vrai sentiment de la dignité et de la force de la poésie nous fait radicalement défaut—tandis qu'en réalité, nous n'aurions qu'à rentrer un instant en nous-mêmes, pour découvrir immédiatement qu'il n'existe et ne peut exister sous le soleil d'oeuvre plus absolument estimable, plus suprêmement noble, qu'un vrai poème, un poème *per se*, un poème, qui n'est que poème et rien de plus, un poème écrit pour le pur amour de la poésie.

Avec tout le respect que j'ai pour la Vérité, respect aussi grand que celui qui ait jamais pu faire battre une poitrine humaine, je voudrais cependant limiter, en une certaine mesure, ses moyens d'inculcation. Je voudrais les limiter pour les renforcer, au lieu de les affaiblir en les multipliant. Les exigences de la Vérité sont sévères. Elle n'a aucune sympathie pour les fleurs de l'imagination. Tout ce qu'il y a de plus indispensable dans le Chant est précisément ce dont elle a le moins affaire. C'est la réduire à l'état de pompeux paradoxe que de l'enguirlander de perles et de fleurs. Une vérité, pour acquérir toute sa force, a plutôt besoin de la sévérité que des efflorescences du langage. Ce qu'elle veut, c'est que nous soyons simples, précis, élégants; elle demande de la froideur, du calme, de l'impassibilité. En un mot, nous devons être à son égard, autant qu'il est possible, dans l'état d'esprit le plus directement opposé à l'état poétique. Bien aveugle serait celui qui ne saisirait pas les différences radicales qui creusent un abîme entre les moyens d'action de la vérité et ceux de la poésie.

Il faudrait être irrémédiablement enragé de théorie, pour persister, en dépit de ces différences, à essayer de réconcilier l'irréconciliable antipathie de la Poésie et de la Vérité.

Si nous divisons le monde de l'esprit en ses trois parties les plus visiblement distinctes, nous avons l'Intellect pur, le Goût et le Sens moral. Je mets le Goût au milieu, parce que c'est précisément la place qu'il occupe dans l'esprit. Il se relie intimement aux deux extrêmes, et n'est séparé du Sens moral que par une si faible différence qu'Aristote n'a pas hésité à mettre quelques-unes de ses opérations au nombre des vertus mêmes. Cependant, l'*office* de chacune de ces facultés se distingue par des caractères suffisamment tranchés. De même que l'Intellect recherche le Vrai, le Goût nous révèle le Beau, et le Sens moral ne s'occupe que du Devoir. Pendant que la Conscience nous enseigne l'obligation du Devoir, et que la Raison nous en montre l'utilité, le Goût se contente d'en déployer les charmes, déclarant la guerre au Vice uniquement sur le terrain de sa difformité, de ses disproportions, de sa haine pour la convenance, la proportion, l'harmonie, en un mot pour la Beauté.

Un immortel instinct, ayant des racines profondes dans l'esprit de l'homme, c'est donc le sentiment du Beau. C'est ce sentiment qui est la source du plaisir qu'il trouve dans les formes infinies, les sons, les odeurs, les sensations.

Et de même que le lis se reproduit dans l'eau du lac, ou les yeux d'Amaryllis dans son miroir, ainsi nous trouvons dans la simple reproduction orale ou écrite de ces formes, de ces sons, de ces couleurs, de ces odeurs une double source de plaisir. Mais cette simple reproduction n'est pas la poésie. Celui qui se contente de chanter, même avec le plus chaud enthousiasme, ou de reproduire avec la plus vivante fidélité de description les formes, les sons, les odeurs, les couleurs et les sentiments qui lui sont communs avec le reste de l'humanité, celui-là, dis-je, n'aura encore aucun droit à ce divin nom de poète. Il lui reste encore quelque chose à atteindre. Nous sommes dévorés d'une soif inextinguible, et il ne nous a pas montré les sources cristallines seules capables de la calmer. Cette soif fait partie de l'Immortalité de l'homme. Elle est à la fois une conséquence et un signe de son existence sans terme. Elle est le désir de la phalène pour l'étoile. Elle n'est pas seulement l'appréciation des Beautés qui sont sous nos yeux, mais un effort passionné pour atteindre la Beauté d'en haut. Inspirés par une prescience extatique des gloires d'au delà du tombeau, nous nous travaillons, en essayant au moyen de mille combinaisons, au milieu des choses et des pensées du Temps, d'atteindre une portion de cette Beauté dont les vrais éléments n'appartiennent peut-être qu'à l'éternité. Alors, quand la Poésie, ou la Musique, la plus enivrante des formes poétiques, nous a fait fondre en larmes, nous pleurons, non, comme le suppose l'Abbé Gravina, par excès de plaisir, mais par suite d'un chagrin positif, impétueux, impatient, que nous ressentons de notre impuissance à saisir actuellement, pleinement sur cette terre, une fois et pour toujours, ces joies divines et enchanteresses, dont nous n'atteignons, *à travers* le poème, ou *à travers* la musique, que de courtes et vagues lueurs.

C'est cet effort suprême pour saisir la Beauté surnaturelle—effort venant d'âmes normalement constituées—qui a donné au monde tout ce qu'il a jamais été capable à la fois de comprendre et de sentir en fait de poésie.

Naturellement, le Sentiment poétique peut revêtir différents modes de développement—la Peinture, la Sculpture, l'Architecture, la Danse—la Musique surtout—et dans un sens tout spécial, et fort large, l'art des Jardins. Notre sujet doit se borner à envisager la manifestation du sentiment poétique par le langage. Et ici qu'on me permette de dire quelques mots du rythme. Je me contenterai d'affirmer que la Musique, dans ses différents modes de mesure, de rythme et de rime, a en poésie une telle importance que ce serait folie de vouloir se passer de son secours,—sans m'arrêter à rechercher ce qui en fait l'essence absolue. C'est peut-être en Musique que l'âme atteint de plus près la grande fin à laquelle elle aspire si violemment, quand elle est inspirée par le Sentiment poétique—la création de la Beauté surnaturelle. Il se peut que cette fin sublime soit en réalité de temps en temps atteinte ici-bas. Il nous est arrivé souvent de sentir, tout frémissant de volupté, qu'une harpe terrestre venait de faire vibrer des notes non inconnues des anges. Aussi est-il indubitable que c'est dans l'union de la Poésie et de la Musique, dans son sens populaire, que nous trouverons le plus large champ pour le développement des facultés poétiques. Les anciens Bardes et Minnesingers avaient des avantages dont nous ne jouissons plus—et Thomas Moore, chantant ses propres poésies, achevait ainsi fort légitimement de leur donner leur véritable caractère de poèmes.

Pour récapituler, je définirais donc en peu de mots la poésie du langage: *une Création rythmique de la Beauté*. Son seul arbitre est le Goût. Le Goût n'a avec l'Intellect ou la Conscience que des relations collatérales. Il ne peut qu'accidentellement avoir quelque chose de commun soit avec le Devoir soit avec la Vérité.

Quelques mots d'explication, cependant. Ce plaisir, qui est à la fois le plus pur, le plus élevé et le plus intense des plaisirs, vient, je le soutiens, de la contemplation du Beau. Ce n'est que dans la comtemplation de la Beauté qu'il nous est possible d'atteindre cette élévation enivrante, cette émotion de l'âme, que nous reconnaissons comme le sentiment poétique, et qui se distingue si facilement de la Vérité, qui est la satisfaction de la Raison, et de la Passion, qui est l'émotion du coeur. C'est donc la Beauté—en comprenant dans ce mot le sublime—qui est l'objet du poème, en vertu de cette simple règle de l'Art, que les effets doivent jaillir aussi directement que possible de leurs causes:—personne du moins n'a osé nier que l'élévation particulière dont nous parlons soit un but plus facilement atteint dans un poème. Il ne s'ensuit nullement, toutefois, que les excitations de la Passion, ou les préceptes du Devoir ou même les leçons de la Vérité ne puissent trouver place dans un poème et avec avantage; tout cela peut, accidentellement, servir de différentes façons le dessein général de l'ouvrage;—mais le véritable artiste trouvera toujours le moyen de les subordonner à cette Beauté qui est l'atmosphère et l'essence réelle du Poème.

Je ne saurais mieux commencer la série des quelques poèmes sur lesquels je veux appeler l'attention, qu'en citant le Poème de l'*Epave* de M. Longfellow[72].

Le jour est parti, et les ténèbres
   Tombent des ailes de la Nuit,
Comme une plume tombe emportée
   De l'aile d'un Aigle dans son vol[73].

J'aperçois tes lumières du village
   Luire à travers la pluie et la brume,
Et un sentiment de tristesse m'envahit,
   Auquel mon âme ne peut résister;

Un sentiment de tristesse et d'angoisse
   Qui n'a rien de la douleur,
Et qui ne ressemble au chagrin

Que comme le brouillard ressemble à la pluie.

Viens, lis-moi quelque poème,
   Quelque simple lai, dicté par le coeur.
Qui calmera cette émotion sans repos,
   Et bannira les pensées du jour.

Non pas des grands maîtres anciens,
   Ni des bardes-sublimes
Dont l'écho des pas lointains retentit
   A travers les corridors du temps.

Car, de même que les accords d'une musique martiale,
   Leurs puissantes pensées suggèrent
Les labeurs et les fatigues sans fin de la vie;
   Et ce soir j'aspire au repos.

Lis-moi dans quelque humble poète,
   Dont les chants ont jailli de son coeur,
Comme les averses jaillissent des nuages de l'été,
   Ou les larmes des paupières;

Qui à travers de longs jours de labeur
   Et des nuits sans repos,
N'a cessé d'entendre en son âme la musique
   De merveilleuses mélodies.

De tels chants ont le pouvoir d'apaiser
   La pulsation sans repos du souci,
Et descendent comme la bénédiction
   Qui suit la prière.

Puis lis, dans le volume favori,
   Le poème de ton choix,
   Et prête à la rime du poète
La beauté de ta voix.

   Et la nuit se remplira de musique,
Et les soucis qui infestent le jour

Replieront leurs tentes comme les Arabes,
Et s'enfuiront aussi silencieux.

Sans beaucoup de frais d'imagination, ces vers ont été admirés à bon droit pour leur délicatesse d'expression. Quelques-unes des images ont beaucoup d'effet. Il ne se peut rien de meilleur que:

.... ces bardes sublimes,
Dont l'écho des pas lointains retentit
A travers les corridors du Temps.

L'idée du dernier quatrain est aussi très saisissante. Toutefois, le poème dans son ensemble, est surtout admirable par la gracieuse *insouciance* de son mètre, si bien en rapport avec le caractère des sentiments, et surtout avec le laisser-aller du ton général. Il a été longtemps de mode de regarder ce laisser-aller, ce naturel dans le style littéraire, comme un naturel purement apparent — et en réalité comme un point difficile à atteindre. Mais il n'en est point ainsi: — un ton naturel n'est difficile qu'à celui qui s'appliquerait à l'éviter toujours, à être toujours en dehors de la nature.

Un auteur n'a qu'à écrire avec l'entendement ou avec l'instinct, pour que *le ton* dans la composition soit toujours celui qui plaira à la masse des lecteurs — et naturellement, il doit continuellement varier avec le sujet. L'écrivain qui, d'après la mode de la *North American Review*, serait toujours, en toute occasion, uniquement *serein*, sera nécessairement, en beaucoup de cas, simplement niais, ou stupide; et il n'a pas plus de droit à être considéré comme un auteur *facile* ou *naturel* qu'un exquis Cockney, ou la Beauté qui dort dans des chefs-d'oeuvre de cire.

Parmi les petits poèmes de Bryant[74], aucun ne m'a plus fortement impressionné que celui qui est intitulé *Juin*. Je n'en cite qu'une partie:

Là, à travers les longues, longues heures d'été,
    La lumière d'or s'épandrait,
Et des jeunes herbes drues et des groupes de fleurs
    Se dresseraient dans leur beauté;
Le loriot construirait son nid et dirait

Sa chanson d'amour, tout près de mon tombeau;
   Le nonchalant papillon
S'arrêterait là, et là on entendrait
   La bonne ménagère abeille, et l'oiseau-mouche,

Et les cris joyeux à midi,
   Qui viennent du village,
Ou les chansons des jeunes filles, sous la lune,
   Mêlées d'un éclat de rire de fée!
Et dans la lumière du soir,
   Les amoureux fiancés se promenant en vue
De mon humble monument!
Si mes voeux étaient comblés, la scène gracieuse qui m'entoure
Ne connaîtrait pas de plus triste vue ni de plus triste bruit.

Je sais, je sais que je ne verrais pas
   Les glorieuses merveilles de la saison;
Son éclat ne rayonnerait pas pour moi,
   Ni sa fantastique musique ne s'épandrait;
Mais si autour du lieu de mon sommeil
Les amis que j'aime venaient pleurer,
   Ils n'auraient point hâte de s'en aller:
De douces brises, et la chanson, et la lumière, et la fleur
   Les retiendraient près de ma tombe.

Tout cela à leurs coeurs attendris porterait
   La pensée de ce qui a été,
Et leur parlerait de celui qui ne peut partager
   La joie de la scène qui l'entoure;
De celui pour qui toute la part de la pompe qui remplit
   Le circuit des collines embellies par l'été,
   Est: — que son tombeau est vert;
Et ils désireraient profondément, pour la joie de leurs coeurs,
   Entendre encore une fois sa voix vivante.

   Le courant rythmique ici est, pour ainsi dire, voluptueux; on ne saurait lire rien de plus mélodieux. Ce poème m'a toujours causé une remarquable impression. L'intense mélancolie qui perce, malgré tout, à la surface des gracieuses pensées du poète sur son tombeau, nous fait tressaillir jusqu'au fond de l'âme—et dans ce tressaillement se retrouve la plus véritable élévation poétique. L'impression qu'il nous laisse est celle d'une voluptueuse tristesse. Si, dans les autres compositions qui vont suivre, on rencontre plus ou moins apparent un ton analogue à celui-là, il est bon de se rappeler que cette teinte accusée de tristesse est inséparable (comment ou pourquoi? je ne le sais) de toutes les manifestations de la vraie Beauté. Mais c'est comme dit le poète:

Un sentiment de tristesse et d'angoisse
    Qui n'a rien de la douleur,
Et qui ne ressemble au chagrin,
    Que comme le brouillard ressemble à la pluie.

Cette teinte apparaît clairement même dans un poème cependant si plein de fantaisie et de brio, le *Toast* d'Edward Coote Pinkney[75].

Je remplis cette coupe à celle qui est faite
    De beauté seule—
Une femme, de son gracieux sexe
    L'évident parangon;
A qui les plus purs éléments
    Et les douces étoiles ont donné
Une forme si belle que, semblable à l'air,
    Elle est moins de la terre que du ciel.

Chacun de ses accents est une musique qui lui est propre,
    Semblables à ceux des oiseaux du matin,
Et quelque chose de plus que la mélodie
    Habite toujours en ses paroles;
Elles sont la marque de son coeur,
    Et de ses lèvres elles coulent
Comme on peut voir les abeilles chargées
    Sortir de la rose.

Les affections sont comme des pensées pour elle,
    La mesure de ses heures;
Ses sentiments ont la fragrance,

La fraîcheur des jeunes fleurs;
Et d'aimables passions, souvent changeantes,
La remplissent si bien, qu'elle semble
Tour à tour leur propre image —
L'idole des années écoulées!

De sa brillante face un seul regard tracera
Un portrait sur la cervelle,
Et de sa voix dans les coeurs qui font écho
Un long retentissement doit demeurer;
Mais le souvenir, tel que celui qui me reste d'elle,
Me la rend si chère,
Qu'à l'approche de la mort mon dernier soupir
Ne sera pas pour la vie, mais pour elle.

J'ai rempli cette coupe à celle qui est faite
De beauté seule,
Une femme de son gracieux sexe
L'évident parangon —
A elle! Et s'il y avait sur terre
Un peu plus de pareils êtres,
Cette vie ne serait plus que poésie,
Et la lassitude un mot!

Ce fut le malheur de Mr Pinkney d'être né trop loin dans le sud. S'il avait été un Nouvel Englander, il est probable qu'il eût été mis au premier rang des lyriques américains par cette magnanime cabale qui a si longtemps tenu dans ses mains les destinées de la littérature américaine, en dirigeant ce qu'on appelle la *North American Review*. Le poème que nous venons de citer est d'une beauté toute spéciale; quant à l'élévation poétique qui s'y trouve, elle se rattache surtout à notre sympathie pour l'enthousiasme du poète. Nous lui pardonnons ses hyperboles en considération de la chaleur évidente avec laquelle elles sont exprimées.

Je n'avais nullement le dessein de m'étendre sur les mérites des morceaux que je devais vous lire. Ils parlent assez éloquemment pour eux-mêmes. Dans ses *Avertissements du Parnasse*, Boccalini nous raconte que Zoïle faisant un jour devant Apollon une critique amère d'un admirable livre, le Dieu l'interrogea sur les beautés de l'ouvrage. Zoïle répondit qu'il ne s'occupait que des défauts. Sur quoi, Apollon, lui mettant en main un sac de blé non vanné, le condamna pour sa punition à en enlever toute la paille.

Cette fable s'adresse admirablement aux critiques — mais je ne suis pas bien sûr que le Dieu fût dans son droit. Il me semble qu'il se méprenait grossièrement sur les vraies limites des devoirs de la critique. L'excellence, dans un poème surtout, participe du caractère de l'axiome, et n'a besoin que d'être présentée pour être évidente par elle-même. Ce n'est plus de l'excellence, si elle a besoin d'être démontrée telle; — et par conséquent faire trop particulièrement ressortir les mérites d'une oeuvre d'Art, c'est admettre que ce ne sont pas des mérites.

Parmi les *Mélodies* de Thomas Moore, il y en a une dont le remarquable caractère poétique semble avoir fort singulièrement échappé à l'attention. Je fais allusion aux vers qui commencent ainsi: «Viens, repose sur cette poitrine», et dont l'intense énergie d'expression n'est surpassée par aucun endroit de Byron. Il y a deux de ces vers, où le sentiment semble condenser dans toute sa puissance la divine passion de l'Amour — sentiment qui peut-être a trouvé son écho dans plus de coeurs et des coeurs plus passionnés qu'aucun autre de ceux qu'ait jamais exprimés la parole humaine.

Viens, repose sur cette poitrine, ma pauvre biche blessée,
Quoique le troupeau t'ait délaissée, tu as encore, ici ta demeure;
Ici encore tu trouveras le sourire, qu'aucun nuage ne peut obscurcir
Un coeur et une main à toi jusqu'à la fin.
Oh! pourquoi l'amour a-t-il été fait, s'il ne reste pas le même
Dans la joie et le tourment, dans la gloire et la honte?
Je ne sais pas, je ne demande pas, si ton coeur est coupable;
Je ne sais qu'une chose, c'est que je t'aime, quelle que tu sois.
Tu m'as appelé ton Ange dans les moments de bonheur,
Je veux rester ton Ange, au milieu des horreurs de cette heure,
A travers la fournaise, inébranlable, suivre tes pas,
Te servir de bouclier, te sauver — ou mourir avec toi!

Depuis quelque temps c'est la mode de refuser à Moore l'Imagination en lui laissant la Fantaisie—distinction qui a sa source dans Coleridge—qui mieux que personne cependant a compris le génie de Moore. Le fait est que chez Moore la Fantaisie prédomine tellement sur toutes ses autres facultés, et surpasse à un si haut degré celle des autres poètes, qu'on a pu être naturellement amené à ne voir en lui que de la Fantaisie. Mais c'est une grave erreur, et c'est faire le plus grand tort au mérite d'un vrai poète. Je ne connais pas dans toute la littérature anglaise un poème plus profondément,—plus magiquement *imaginatif*, dans le meilleur sens du mot, que les vers qui commencent ainsi: «Je voudrais être près de ce lac sombre»—qui sont de la main de Thomas Moore.

Je regrette de ne pouvoir me les rappeler.

L'un des plus nobles—et puisqu'il s'agit de Fantaisie, l'un des plus singulièrement fantaisistes de nos poètes modernes, c'est Thomas Hood[76]. La *Belle Inès* à toujours eu pour moi un charme inexprimable:

Oh! n'avez-vous pas vu la belle Inès?
 Elle est partie dans l'Ouest,
Pour éblouir quand le soleil est couché,
 Et voler au monde son repos.
Elle a emporté avec elle la lumière de nos jours,
 Les sourires qui nous étaient si chers,
Avec les rougeurs du matin sur sa joue
 Et les perles sur son sein.

Oh, reviens, belle Inès,
 Avant la tombée de la nuit,
De peur que la lune ne rayonne seule,
 Et que les étoiles ne brillent sans rivale;
Heureux sera l'amoureux
 Qui se promènera sous leur rayon,
Et exhalera l'amour sur ta joue,
 Je n'ose pas même l'écrire!

Que n'étais-je, belle Inès,
 Ce galant cavalier,

Qui chevauchait si gaîment à ton côté,
Et te murmurait à l'oreille de si près!
N'y avait-il donc point là-bas de gentilles dames
Ou de vrais amoureux ici,
Qu'il dût traverser les mers pour obtenir
La plus aimée des bien-aimées!

Je t'ai vue, charmante Inès,
Descendre le long du rivage
Avec un cortège de nobles gentilshommes.
Et des bannières ondoyant en tête
D'aimables jeunes hommes et de joyeuses vierges;
Ils portaient des plumes de neige;
C'eût été un beau rêve —
Si ce n'avait été qu'un rêve!

Hélas! hélas! la belle Inès,
Elle est partie avec le chant,
Avec la musique suivant ses pas,
Et les clameurs de la foule;
Mais quelques-uns étaient tristes, et ne sentaient pas de joie,
Mais seulement la torture d'une musique.
Qui chantait: Adieu, Adieu
A celle que vous avez aimée si longtemps.

Adieu, adieu, belle Inès,
Ce vaisseau jamais ne porta
Si belle dame sur son pont,
Ni ne dansa jamais si léger —
Hélas! pour le plaisir de la mer
Et le chagrin du rivage!
Le sourire qui a ravi le coeur d'un amoureux
En a brisé bien d'autres!

La Maison hantée, du même auteur, est un des poèmes les plus
véritablement poèmes, les plus exceptionnels, les plus profondément artistiques, tant pour le sujet que pour l'exécution. Il est
puissamment idéal — imaginatif. Je regrette que sa longueur

m'empêche de le citer ici. Qu'on me permette de donner à sa place le
poème si universellement goûté: le *Pont des Soupirs*.

Une plus infortunée,
Fatiguée de respirer,
Follement desespérée,
Est allée au devant de la mort!

Prenez-la tendrement,
Soulevez-la avec soin: —
Son enveloppe est si frêle,
Elle est jeune, et si belle!

Voyez ses vêtements
Qui collent à son corps comme des bandelettes;
Pendant que l'eau continuellement
Dégoutte de sa robe;
Prenez-la bien vite
Amoureusement, et sans dégoût.

Ne la touchez pas avec mépris;
Pensez à elle tristement,
Doucement, humainement;
Ne songez pas à ses taches.
Tout ce qui reste d'elle
Est maintenant fémininement pur.

Ne scrutez pas profondément
Sa révolte
Téméraire et coupable;
Tout déshonneur est passé,
La mort ne lui a laissé
Que la beauté.

Silence pour ses chutes,
Elle est de la famille d'Eve —
Essuyez ses pauvres lèvres
Qui suintent si visqueuses.
Relevez ses tresses

Echappées au peigne,
Ses belles tresses châtaines,
Pendant qu'on se demande, dans l'étonnement:
Où était sa demeure?

Qui était son père?
Qui était sa mère?
Avait-elle une soeur?
Avait-elle un frère?
Ou avait-elle quelqu'un de plus cher
Encore, et qui lui tenait de plus près
Encore que tous les autres?

Hélas! O rareté
De la chrétienne charité.
Sous le soleil!
Oh! Quelle pitié!
Dans toute une cité populeuse
Elle n'avait point de foyer!

Sentiments de soeur, de frère,
De père, de mère
Avaient changé pour elle;
L'amour, par une cruelle clarté,
Etait tombé de son faîte;
La providence de Dieu même
Semblait se détourner.

En face des lampes qui tremblotent
Si loin sur la rivière,
Avec ces mille lumières,
Qui luisent aux fenêtres des maisons
De la mansarde au sous-sol,
Elle se tenait debout, dans l'effarement,
Sans abri pour la nuit.

Le vent glacial de mars
La faisait trembler et frissonner,
Mais non l'arche sombre,

Ou la rivière qui coule noire.
Affolée de l'histoire de la vie,
Heureuse d'affronter le mystère de la mort,
Impatiente d'être emportée, —
N'importe où, n'importe où,
Loin du monde!

Elle se plongea hardiment, —
Sans s'inquiéter si, froidement,
L'âpre rivière coule —
De sa berge.
Représente-toi cette rivière — penses-y,
Homme dissolu!
Baigne-t-y, bois de ses eaux,
Si tu l'oses!

Prenez-la tendrement;
Soulevez-la avec soin;
Son enveloppe est si frêle,
Elle est jeune et si belle!
Avant que ses membres glacés,
Ne soient trop rigidement raidis,
Décemment — tendrement
Aplanissez-les et arrangez-les;
Et ses yeux, fermez-les;
Ces yeux tout grands ouverts sans voir!

Epouvantablement ouverts et regardant
A travers l'impureté fangeuse,
Comme avec le dernier regard
Audacieux du désespoir
Fixé sur l'avenir.

Elle est morte sombrement,
Poussée par l'outrage,
La froide inhumanité,
La brûlante folie,
Dans son repos.
Croisez ses mains humblement,

Comme si elle priait en silence,
Sur sa poitrine!
Avouant sa faiblesse,
Sa coupable conduite,
Et abandonnant, avec douceur,
Ses péchés à son Sauveur!

Ce poème n'est pas moins remarquable par sa vigueur que par son pathétique. La versification, tout en poussant la fantaisie jusqu'au fantastique, n'en est pas moins admirablement adaptée à la furieuse démence qui est la thèse du poème.

Parmi les petits poèmes de lord Byron il en est un qui n'a jamais reçu de la critique les hommages qu'il mérite incontestablement[77].

Quoique le jour de ma destinée fût arrivé,
    Et que l'étoile de mon destin fût sur son déclin,
Ton tendre coeur a refusé de découvrir
    Les fautes que tant d'autres ont su trouver;
Quoique ton âme fût familiarisée avec mon chagrin,
    Elle n'a pas craint de le partager avec moi,
Et l'amour que mon esprit s'était fait en peinture,
    Je ne l'ai jamais trouvé qu'en *toi*.

Quand la nature sourit autour de moi,
    Le seul sourire qui réponde au mien,
Je ne crois pas qu'il soit trompeur,
    Parce qu'il me rappelle le tien;
Et quand les vents sont en guerre avec l'océan,
Comme les coeurs auxquels je croyais le sont avec moi,
Si les vagues qu'ils soulèvent excitent une émotion,
    C'est parce qu'elles me portent loin de *toi*.

Quoique le roc de mon espérance soit fracassé,
    Et que ses débris soient engloutis dans la vague,
Quoique je sente que mon âme est livrée
    A la douleur—elle ne sera pas son esclave.
Mille angoisses peuvent me poursuivre;
    Elles peuvent m'écraser, mais non me mépriser—

Elles peuvent me torturer, mais non me soumettre —
   C'est à *toi* que je pense — non à elles.

Quoique humaine, tu ne m'as pas trompé;
   Quoique femme, tu ne m'as point délaissé;
Quoique aimée, tu as craint de m'affliger;
   Quoique calomniée, jamais tu ne t'es laissée ébranler;
Quoique ayant ma confiance, tu ne m'as jamais renié;
   Si tu t'es séparée de moi, ce n'était pas pour fuir;
Si tu veillas sur moi, ce n'était pas pour me diffamer;
   Si tu restas muette, ce n'était pas pour donner au monde
      le droit de me condamner.

Cependant je ne blâme pas le monde, ni ne le méprise,
   Pas plus que la guerre déclarée par tous à un seul.
Si mon âme n'était pas faite pour l'apprécier,
   Ce fut une folie de ne pas le fuir plus tôt:
Et si cette erreur m'a coûté cher,
   Et plus que je n'aurais jamais pu le prévoir,
J'ai trouvé que malgré tout ce qu'elle m'a fait perdre,
   Elle n'a jamais pu me priver de *toi*.

Du naufrage du passé, disparu pour moi,
   Je puis au moins retirer une grande leçon,
Il m'a appris que ce que je chérissais le plus
   Méritait d'être chéri de moi par dessus tout;
Dans le désert jaillit une source,
   Dans l'immense steppe il y a encore un arbre,
Et un oiseau qui chante dans la solitude
   Et parle à mon âme de toi.

   Quoique le rythme de ces vers soit un des plus difficiles, on pourrait à peine trouver quelque chose à redire à la versification. Jamais plus noble *thème* n'a tenté la plume d'un poète. C'est l'idée, éminemment propre à élever l'âme, qu'aucun homme ne peut s'attribuer le droit de se plaindre de la destinée dans le malheur, dès qu'il lui reste l'amour inébranlable d'une femme[78].

Quoique je considère en toute sincérité Alfred Tennyson comme le plus noble poète qui ait jamais vécu, je me suis à peine laissé le temps de vous en citer un court spécimen. Je l'appelle, et le regarde comme le plus noble des poètes, non parce que les impressions qu'il produit sont toujours les plus profondes — non parce que l'émotion poétique qu'il excite est toujours la plus intense, — mais parce qu'il est toujours le plus éthéré — en d'autres termes, le plus élevé et le plus pur. Il n'y a pas de poète qui soit si peu de la terre, si peu terrestre. Ce que je vais vous lire est emprunté à son dernier long poème: *La princesse.*

Des larmes, d'indolentes larmes, (je ne sais ce qu'elles veulent dire,)
Des larmes du fond de quelque divin désespoir
Jaillissent dans le coeur, et montent aux yeux,
En regardant les heureux champs d'automne,
Et en pensant aux jours qui ne sont plus.

Frais comme le premier rayon éclairant la voile,
Qui ramène nos amis de l'autre hémisphère,
Tristes comme le dernier rayon rougissant celle
Qui sombre avec tout ce que nous aimons sous l'horizon;
Aussi tristes, aussi frais sont les jours qui ne sont plus.

Ah! tristes et étranges comme dans les sombres aurores d'été
Le premier cri des oiseaux éveillés à demi,
Pour des oreilles mourantes, quand sous des yeux mourants
La croisée lentement en s'illuminant se dessine;

Aussi tristes, aussi étranges, sont les jours qui ne sont plus,
Aussi chers que des baisers remémorés après la mort,
Aussi doux que ceux qu'imagine une pensée sans espoir
Sur des lèvres réservées à d'autres; profonds comme l'amour,
Profonds comme le premier amour, enténébrés de tous les regrets,
O mort dans la vie! tels sont les jours qui ne sont plus.

En essayant ainsi de vous exposer, quoique d'une façon bien rapide et bien imparfaite, ma conception du principe poétique, je ne me suis proposé que de vous suggérer cette réflexion: c'est que, si ce principe est strictement et simplement l'aspiration de l'âme humaine vers la beauté surnaturelle, sa manifestation doit toujours se trouver dans une émotion qui élève l'âme, tout à fait indépendante de la passion qui enivre le coeur, et de la vérité qui satisfait la raison. Pour ce qui regarde la passion, hélas! elle tend plutôt à dégrader qu'à élever l'âme. L'Amour, au contraire, — l'Amour, — le vrai, le divin Éros — la Vénus Uranienne si différente de la Vénus Dionéenne — est sans contredit le plus pur et le plus vrai de tous les thèmes poétiques. Quant à la Vérité, si par l'acquisition d'une vérité particulière nous arrivons à percevoir de l'harmonie où nous n'en voyions pas auparavant, nous éprouvons alors en même temps le véritable effet poétique; mais cet effet ne doit s'attribuer qu'à l'harmonie seule, et nullement à la vérité qui n'a servi qu'à faire éclater cette harmonie.

Nous pouvons cependant nous faire plus directement une idée distincte de ce qu'est la véritable poésie, en considérant quelques-uns des simples éléments qui produisent dans le poète lui-même le véritable effet poétique. Il reconnaît l'ambroisie qui nourrit son âme dans les orbes brillants qui étincellent dans le Ciel, dans les volutes de la fleur, dans les bouquets formés par d'humbles arbustes, dans l'ondoiement des champs de blé, dans l'obliquement des grands arbres vers le levant, dans les bleus lointains des montagnes, dans le groupement des nuages, dans le tintement des ruisseaux qui se dérobent à demi, le miroitement des rivières d'argent, dans le repos des lacs isolés, dans les profondeurs des sources solitaires où se mirent les étoiles. Il la reconnaît dans les chants des oiseaux, dans la harpe d'Eole, dans le soupir du vent nocturne, dans la voix lugubre de la forêt, dans la vague qui se plaint au rivage, dans la fraîche haleine des bois, dans le parfum de la violette, dans la voluptueuse senteur de l'hyacinthe, dans l'odeur suggestive qui lui vient le soir d'îles éloignées non découvertes, sur des océans sombres, illimités, inexplorés. Il la reconnaît dans toutes les nobles pensées, dans toutes les aspirations qui ne sont pas de la terre, dans toutes les saintes impulsions, dans toutes les actions chevaleresques, généreuses, et supposant le sacrifice de soi-même. Il la sent dans la beauté de la femme, dans la grâce de sa démarche, dans l'éclat de ses yeux, dans la mélodie de sa voix, dans son doux sourire, dans son soupir, dans l'harmonie du frémissement de sa robe. Il la sent profondément dans ses attraits enveloppants, dans ses brûlants enthousiasmes, dans ses gracieuses charités, dans ses douces et pieuses patiences; mais par dessus tout, oui, par dessus tout, il l'adore à genoux, dans la fidélité, dans la pureté, dans la force, dans la suprême et divine majesté de son *amour*.

Permettez-moi d'achever, en vous lisant encore un petit poème, un poème d'un caractère bien différent de ceux que je vous ai cités. Il est de Motherwell[79], et est intitulé le *Chant du Cavalier*.

Avec nos idées modernes et tout à fait rationnelles sur l'absurdité et l'impiété de la guerre, nous ne sommes pas précisément dans l'état d'esprit le mieux fait pour sympathiser avec les sentiments de ce poème et par conséquent pour en apprécier la réelle excellence. Pour y arriver, il faut nous identifier nous-mêmes en imagination avec l'âme du vieux cavalier.

> Un coursier! Un coursier! d'une vitesse sans égale!
>   Une épée d'un métal acéré!
> Pour de nobles coeurs tout le reste est peu de chose —
>   Sur terre tout le reste n'est rien.
> Les hennissements du fier cheval de guerre,
>   Le roulement du tambour,
> L'éclat perçant de la trompette,
>   Sont des bruits qui viennent du ciel;
> Et puis! le tonnerre des chevaliers serrés qui se précipitent
>   En même temps que grandit leur cri de guerre,
> Peut faire descendre du ciel un ange étincelant,
>   Et réveiller un démon de l'enfer.

> Montez donc! montez donc, nobles braves, montez tous,
>   Hâtez-vous de revêtir vos cimiers;
> Courriers de la mort, Gloire et Honneur, appelez-nous
>   Au champ de guerre une fois encore.
> D'aigres larmes ne rempliront pas nos yeux,
>   Quand la poignée de notre épée sera dans notre main;
> Nous partirons le coeur entier, sans un soupir
>   Pour la plus belle du pays.
> Laissons l'amoureux jouer du chalumeau, et le poltron
>   Se lamenter et pleurnicher;
> Notre affaire à nous, c'est de combattre en hommes,

Et de mourir en héros!

QUELQUES SECRETS

DE LA PRISON DU MAGAZINE

L'absence d'une Loi internationale des droits d'auteur, en mettant presque les auteurs dans l'impossibilité d'obtenir de leurs éditeurs et libraires la rémunération de leurs labeurs littéraires, a eu pour effet de forcer un grand nombre de nos meilleurs écrivains de se mettre au service des Revues et des Magazines; ceux-ci, avec une persévérance qui leur donne quelque crédit, semblent faire un certain cas de l'excellent vieux dicton, que même dans l'ingrat champ des Lettres, tout travail mérite son salaire. En vertu de quel revêche instinct de l'honnête et du convenable, ces journaux ont-ils eu le courage de persister dans leurs habitudes payantes, au nez même de l'opposition des Foster et des Léonard Scott, qui pour huit dollars vous fournissent à l'année quatre périodiques anglais, c'est là un point qu'il nous est bien difficile de résoudre, et dont nous ne voyons pas de plus raisonnable explication que dans la persistance de l'*esprit de patrie*. Que des Magazines puissent vivre dans ces conditions, et non seulement vivre, mais prospérer, et non seulement prospérer, mais encore arriver à débourser de l'argent pour payer des articles originaux, ce sont là des faits qui ne peuvent s'expliquer que par la supposition fantastique, mais précieuse, qu'il reste encore quelque part dans les cendres une étincelle qui n'est pas tout à fait éteinte du feu de l'amour pour les lettres et les hommes de lettres qui animait autrefois l'esprit américain.

Il serait indécent (c'est peut-être là leur idée) de laisser nos pauvres diables d'auteurs mourir de faim, pendant que nous nous engraissons, littérairement parlant, des excellentes choses que, sans rougir, nous prenons dans la poche de toute l'Europe; il ne serait pas tout à fait *comme il faut* de laisser se commettre une pareille atrocité; voilà pourquoi nous avons des Magazines, et un certain public qui s'abonne à ces Magazines (par pure pitié); voilà pourquoi nous avons des éditeurs de Magazines cumulant quelquefois le double titre d'éditeurs et de propriétaires — des éditeurs, dis-je, qui, moyennant certaines conditions de bonne conduite, de poufs à l'occasion, et d'une décente servilité, se font un point de conscience d'encourager le pauvre diable d'auteur avec un dollar ou deux, plus ou moins, selon qu'il se comporte décemment, et s'abstient de la vilaine habitude de relever le nez.

Nous espérons, cependant, n'être pas assez prévenu où assez vindicatif pour insinuer que ce qui, de leur part (des éditeurs de Magazines) semble si peu libéral, soit en réalité une illibéralité qui doive être mise à leur charge. De fait, il saute aux yeux que ce que nous avons dit est précisément l'inverse d'une pareille accusation. Ces éditeurs paient *quelque chose* — les autres ne paient rien du tout. Il y a là évidemment une certaine différence, — quoiqu'un mathématicien pût prétendre que la différence est infinitésimale. Mais enfin ces éditeurs et propriétaires de Magazines *paient* (il n'y a pas à dire), et pour votre pauvre diable d'auteur les plus minimes faveurs méritent la reconnaissance. Non, le manque de libéralité est du côté du public infatué de ses démagogues, du côté du public qui souffre que ses délégués, les oints de son choix (ou peut-être les maudits[80]) insultent à son sens commun, (à lui public), en faisant dans nos Chambres nationales des discours où ils prouvent qu'il est beau et commode de voler l'Europe littéraire sur les grands chemins, et qu'il n'y a pas de plus grossière absurdité que de prétendre qu'un homme a quelque droit et quelque titre à sa propre cervelle ou à la matière sans consistance qu'il en file, comme une maudite chenille qu'il est. Si ces matières aussi fragiles que le fil de la vierge ont besoin de protection, c'est que nous avons les mains pleines et de vers à soie et de *morus multicaulis*[81].

Mais si nous ne pouvons pas, dans ces circonstances, reprocher aux éditeurs de Magazines un manque absolu de libéralité (puisqu'ils paient), il y a un point particulier, au sujet duquel nous avons d'excellentes raisons de les accuser. Pourquoi (puisqu'ils doivent payer) ne paient-ils pas de bonne grâce et tout de suite? Si nous étions en ce moment de mauvaise humeur, nous pourrions raconter une histoire qui ferait dresser les cheveux sur la tête de Shylock.

Un jeune auteur, aux prises avec le désespoir lui-même sous la forme du spectre de la pauvreté, n'ayant dans sa misère aucun soulagement — n'ayant à attendre aucune sympathie de la part du vulgaire, qui ne comprend pas ses besoins, et prétendrait ne pas les comprendre, quand même il les concevrait parfaitement — ce jeune auteur est poliment prié de composer un article, pour lequel il sera «gentiment payé.» Dans le ravissement, il néglige peut-être pendant tout un mois le seul emploi qui le fait vivre, et après avoir crevé de faim pendant ce mois, (lui et sa famille) il arrive enfin au bout du mois de supplice et de son article, et l'expédie (en ne laissant point ignorer son pressant besoin) à l'*éditeur* bouffi, et au *propriétaire* au nez puissant qui a condescendu à l'honorer (lui le pauvre diable) de son patronage. Un mois (de crevaison encore) et pas de réponse. Un second mois, rien encore. Deux autres mois — toujours rien. Une seconde lettre, insinuant modestement que peut-être l'article n'est pas arrivé à destination — toujours point de réponse. Six mois écoulés, l'auteur se présente en personne au bureau de l'éditeur et propriétaire. «Revenez une autre fois.» Le pauvre diable s'en va, et ne manque pas de revenir. «Revenez encore» — il s'entend dire ce: revenez encore, pendant trois ou quatre mois. La patience à bout, il redemande l'article. — Non, il ne peut pas l'avoir (il était vraiment trop bon, pour qu'on pût le faire passer si légèrement) — «il est sous presse,» et «des articles de ce caractère ne se paient (c'est notre règle) que six mois après la publication. Revenez six mois après l'affaire faite, et votre argent sera tout prêt — car nous avons des hommes d'affaire expéditifs — nous-mêmes.» Là dessus le pauvre diable s'en va satisfait, et se dit qu'en somme «l'éditeur et propriétaire est un galant homme, et qu'il n'a rien de mieux à faire, (lui, le pauvre diable), que d'attendre. L'on pourrait supposer qu'en effet il eût attendu … si la mort l'avait voulu. Il meurt de faim, et par la bonne fortune de sa mort, le gras éditeur et propriétaire s'engraisse encore de la valeur de vingt-cinq dollars, si habilement sauvés, pour être généreusement dépensés en canards-cendrés et en champagne.

Nous espérons que le lecteur, en parcourant cet article, se gardera de deux choses: la première, de croire que nous l'écrivons sous l'inspiration de notre propre expérience, car nous n'ajoutons foi qu'au récit des souffrances actuelles, — la seconde, de faire quelque application personnelle de nos remarques à quelque éditeur actuellement vivant, puisqu'il est parfaitement reconnu qu'ils sont tous aussi remarquables par leur générosité et leur urbanité, que par leur façon de comprendre et d'apprécier le génie.

FIN

TABLE DES MATIÈRES

NOTES

[1] L'acteur Montfleury. L'auteur du *Parnasse réformé* le fait ainsi parler dans l'Enfer: «L'homme donc qui voudrait savoir ce dont je suis mort, qu'il ne demande pas si ce fut de fièvre ou de podagre ou d'autre chose, mais qu'il entende que ce fut de l'*Andromaque*.» (J. Guéret, 1668.) Montfleury jouait le rôle d'Oreste dans la tragédie d'*Andromaque* lorsqu'il tomba malade et mourut en quelques jours.

[2] Les mots écrits en italiques se trouvent en français dans le texte de Poe.

[3] Les coralites.

[4] «Une des plus remarquables curiosités du Texas est en effet une forêt pétrifiée, près de la source de la rivière Pasigno. Elle se compose de quelques centaines d'arbres, parfaitement droits, tous changés en pierre. Quelques-uns, qui commencent à pousser, ne sont qu'en partie pétrifiés. C'est là un fait frappant pour les naturalistes, et qui doit les amener à modifier leur théorie de la pétrification.» *Kennedy.*

L'existence de ce fait, d'abord contestée, a été depuis confirmée par la découverte d'une forêt complètement pétrifiée près de la source de la rivière Chayenne ou Chienne qui sort des Montagnes Noires de la chaîne des Rocs.

Il y a peu de spectacles, sur la surface du globe, plus remarquables, soit au point de vue de la science géologique, soit au point de vue du pittoresque, que celui de la forêt pétrifiée près du Caire. Le voyageur, après avoir passé devant les tombes des califes et franchi les portes de la ville, se dirige vers le sud, presque en angle droit avec la route qui traverse le désert pour aller à Suez, et, après avoir fait quelque dix milles dans une vallée basse et stérile, couverte de sable, de gravier, et de coquilles marines, aussi fraîches que si la marée venait de se retirer la veille, traverse une longue ligne de collines de sable, qui courent pendant quelque temps dans une direction parallèle à son chemin. La scène qui se présente alors à ses yeux offre un caractère inconcevable d'étrangeté et de désolation. C'est une masse de tronçons d'arbres, tous pétrifiés, qui sonnent comme du fer fondu sous le talon de son cheval, et qui semblent s'étendre à des milles et des milles autour de lui sous la forme d'une forêt abattue et morte. Le bois a une teinte brun foncé, mais conserve parfaitement sa forme; ces tronçons ont de un à quinze pieds de long, et de un demi-pied à trois pieds d'épaisseur; ils paraissent si rapprochés les uns des autres, qu'un âne égyptien peut à peine passer à travers; et ils sont si naturels, qu'en Ecosse ou en Irlande, on pourrait prendre cet endroit pour quelque énorme fondrière desséchée, où les arbres exhumés et gisants pourrissent au soleil. Les racines et les branches de beaucoup de ces arbres sont intactes, et dans quelques-uns on peut facilement reconnaître les vermoulures sous l'écorce. Les plus délicates veines de l'aubier, les plus fins détails du coeur du bois y sont dans leur entière perfection, et défient les plus fortes lentilles. La masse est si complètement silicifiée, qu'elle peut rayer le verre et recevoir le poli le plus achevé. — *Asiatic Magazine.*

[5] La caverne Mammoth du Kentucky.

[6] En Islande, 1783.

[7] «Pendant l'éruption de l'Hécla en 1766, des nuages de cendres produisirent une telle obscurité, qu'à Glaumba, à plus de cinquante lieues de la montagne, on ne pouvait trouver son chemin qu'à tâtons. Lors de l'éruption du Vésuve en 1794, à Caserta, à quatre lieues de distance, il fallut recourir à la lumière des torches. Le 1er mai 1812, un nuage de cendres et de sable, venant d'un volcan de l'île Saint-Vincent, couvrit toute l'étendue des Barbades, en répandant une telle obscurité qu'en plein midi et en plein air, on ne pouvait distinguer les arbres ou autres objets rapprochés, pas même un mouchoir blanc placé à la distance de six pouces de l'oeil.» — *Murray,* p. 215, *Phil. édit.*

[8] En 1790, dans le Caraccas, pendant un tremblement de terre, une certaine étendue de terrain granitique s'engouffra, et laissa à sa place un lac de 800 mètres de diamètre, et de 90 à 100 pieds de profondeur. Ce terrain était une partie de la forêt d'Aripao, et les arbres restèrent verts sous l'eau pendant plusieurs mois — *Murray,* p. 221.

[9] Le plus dur acier manufacturé peut, sous l'action d'un chalumeau, se réduire à une poudre impalpable, capable de flotter dans l'air atmosphérique.

[10] La région du Niger. Voir le *Colonial Magazine de Simmond*.

[11] Le *Formicaleo*. On peut appliquer le terme de monstre aux petits êtres anormaux aussi bien qu'aux grands, les épithètes telles que celle de *vaste* étant purement comparatives. La caverne du Formicaleo est *vaste* en comparaison de celle de la fourmi rouge ordinaire. Un grain de sable est aussi un *roc*.

[12] L'*Epidendron, flos aeris*, de la famille des Orchidées, n'a que l'extrémité de ses racines attachée à un arbre ou à un autre objet d'où il ne tire aucune nourriture; il ne vit que d'air.

[13] Les *Parasites*, telles que la prodigieuse *Rafflesia Arnaldii*.

[14] Schouw parle d'une espèce de plantes qui croissent sur les animaux vivants — les *Plantae Epizoae*. A cette classe appartiennent quelques *Fuci* et quelques *Algues*.

M. J.B. Williams de Salem, Mass. a présenté à l'Institut national un insecte de la Nouvelle Zélande, qu'il décrit ainsi: «Le *Hotte*, une chenille ou ver bien caractérisé, se trouve à la racine de l'arbre *Rata*, avec une plante qui lui pousse sur la tête. Ce très singulier et très extraordinaire insecte traverse les arbres *Rata* et *Perriri*: il y entre par le sommet, s'y creuse un chemin en rongeant, et perce le tronc de l'arbre jusqu'à ce qu'il atteigne la racine; il sort alors de la racine et meurt, ou reste endormi, et la plante pousse sur sa tête; son corps reste intact et est d'une substance plus dure que pendant sa vie. Les indigènes tirent de cet insecte une couleur pour le tatouage.»

[15] Dans les mines et les cavernes naturelles on trouve une espèce de *fungus* cryptogame, qui projette une intense phosphorescence.

[16] L'orchis, la scabieuse, et la valisnérie.

[17] «La corolle de cette fleur (*l'aristolochia clematitis*), qui est tubulaire, mais qui se termine en haut en membre ligulé, se gonfle à sa base en forme globulaire. La partie tubulaire est revêtue intérieurement de poils raides, pointant en bas. La partie globulaire contient le pistil, uniquement composé d'un germen et d'un stigma, et les

étamines qui l'entourent. Mais les étamines, étant plus courtes que le germen même, ne peuvent décharger le pollen de manière à le jeter sur le stigma, la fleur restant toujours droite jusqu'après l'imprégnation. Et ainsi, sans quelque secours spécial et étranger, le pollen doit nécessairement tomber dans le fond de la fleur. Or, le secours donné dans ce cas par la nature est celui du *Tiputa Pennicornis*, un petit insecte, qui, entrant dans le tube de la corolle en quête de miel, descend jusqu'au fond, et y farfouille jusqu'à ce qu'il soit tout couvert de pollen. Mais comme il n'a pas la force de remonter à cause de la position des poils qui convergent vers le fond comme les fils d'une souricière, dans l'impatience qu'il éprouve de se voir prisonnier, il va et vient en tous sens, essayant tous les coins, jusqu'à ce qu'enfin, traversant plusieurs fois le stigma, il le couvre d'une quantité de pollen suffisante pour l'en imprégner; après quoi la fleur commence bientôt à s'incliner, et les poils à se retirer contre les parois du tube, laissant ainsi un passage à la retraite de l'insecte.» *Rev. P. Keith: Système de botanique physiologique.*

[18] Les abeilles,—depuis qu'il y a des abeilles—ont construit leurs cellules dans les mêmes proportions, avec le même nombre de côtés et la même inclinaison de ces côtés. Or il a été démontré (et ce problème implique les plus profonds principes des mathématiques) que les proportions, le nombre de ces côtés, les angles qu'ils forment sont ceux-là mêmes qui sont précisément les plus propres à leur donner le plus de place compatible avec la plus grande solidité de construction.

Pendant la dernière partie du dernier siècle, les mathématiciens soulevèrent la question «de déterminer la meilleure forme à donner aux ailes d'un moulin à vent en tenant compte de leur distance variable des points de l'axe tournant et aussi des centres de révolution.» C'est là un problème excessivement compliqué; en d'autres termes, il s'agissait de trouver la meilleure disposition possible par rapport à une infinité de distances différentes et à une infinité de points pris sur l'arbre de couche. Il y eut mille tentatives insignifiantes de la part des plus illustres mathématiciens pour répondre à la question; et lorsque enfin la vraie solution fut découverte, on s'avisa que les ailes de l'oiseau avaient résolu le problème avec une absolue précision du jour où le premier oiseau avait traversé les airs.

[19] J'ai observé entre Frankfort et le territoire d'Indiana un vol de pigeons d'un mille au moins de largeur; il mit quatre heures à passer; ce qui, à raison d'un mille par minute, donne une longueur de 240 milles; et, en supposant trois pigeons par mètre carré, donne 2,230,272,000 pigeons.— *Voyage au Canada et aux Etats-Unis par le lieutenant F. Hall.*

[20] «La terre est portée par une vache bleue, ayant quatre cents cornes.» *Le Coran de Sale.*

[21] Les *Entozoa* ou vers intestinaux ont été souvent observés dans les muscles et la substance cérébrale de l'homme.— Voir la *Physiologie de Wyatt,* p. 143.

[22] Sur le grand railway de l'Ouest, entre Londres et Exeter, on atteint une vitesse de 71 milles à l'heure. Un train pesant 90 tonnes fit le trajet de Paddington à Didcot (53 milles) en 51 minutes.

[23] L'*Eccolabéion.*

[24] L'Automate joueur d'échecs de Maelzel.— Poë a décrit en détail cet automate dans un Essai traduit par Baudelaire.

[25] La machine à calculer de Babbage.

[26] Chabert, et depuis lui une centaine d'autres.

[27] L'électrotype.

[28] Wollaston fit avec du platine pour le champ d'un télescope un fil ayant un quatre-vingt-dix millième de pouce d'épaisseur. On ne pouvait le voir qu'à l'aide du microscope.

[29] Newton a démontré que la rétine, sous l'influence du rayon violet du spectre solaire, vibrait 900,000,000 de fois en une seconde.

[30] La pile voltaïque.

[31] Le télégraphe électrique transmet instantanément la pensée au moins à quelque distance que ce soit sur la terre.

[32] L'appareil du télégraphe électrique imprimeur.

[33] Expérience vulgaire en physique. Si de deux points lumineux on fait entrer deux rayons rouges dans une chambre noire de manière à les faire tomber sur une surface blanche, dans le cas où ils diffèrent en longueur d'un cent millionième de pouce, leur intensité

est doublée. Il en est de même, si cette différence en longueur est un nombre entier multiple de cette fraction. Un multiple de 2-1/4, de 3-2/3, etc … donne une intensité égale à un seul rayon; mais un multiple de 2-1/2, 3-1/2, etc … donne une obscurité complète. Pour les rayons violets on observe les mêmes effets, quand la différence de leur longueur est d'un cent soixante-sept millionième de pouce; avec tous les autres rayons les résultats sont les mêmes — la différence s'accroissant dans une proportion uniforme du violet au rouge.

Des expériences analogues par rapport au son produisent des résultats analogues.

[34] Mettez un creuset de platine sur une lampe à esprit, et maintenez-le au rouge; versez-y un peu d'acide sulfurique; cet acide, bien qu'étant le plus volatile des corps à une température ordinaire, sera complètement fixé dans un creuset chauffé, et pas une goutte ne s'évaporera — étant environné de sa propre ionosphère, il ne touche pas, de fait, les parois du creuset. Introduisez alors quelques gouttes d'eau, et immédiatement l'acide venant en contact avec les parois brûlantes du creuset, s'échappe en vapeur acide sulfureuse, et avec une telle rapidité que le calorique de l'eau s'évapore avec lui, et laisse au fond du vase une couche de glace, que l'on peut retirer en saisissant le moment précis avant qu'elle ne se fonde.

[35] Le Daguerréotype.

[36] Quoique la lumière traverse 167,000 milles en une seconde, la distance des soixante et un Cygni (la seule étoile dont la distance soit certainement constatée) est si inconcevable que ses rayons mettraient plus de dix ans pour atteindre la terre. Quant aux étoiles plus éloignées, vingt ou même mille ans seraient une estimation modeste. Ainsi, à supposer qu'elles aient été anéanties depuis vingt ou mille ans, nous pourrions encore les apercevoir aujourd'hui, au moyen de la lumière émise de leur surface il y a vingt ou mille ans. Il n'est donc pas impossible, ni même improbable que beaucoup de celles que nous voyons aujourd'hui soient en réalité éteintes.

Herschel l'ancien soutient que la lumière des plus faibles nébuleuses aperçues à l'aide de son grand télescope doit avoir mis trois millions d'années pour atteindre la terre. Quelques-unes, visibles dans l'instrument de Lord Rosse doivent avoir au moins demandé vingt millions d'années.

[37] Aristote.

[38] Euclide.

[39] Kant.

[40] Hogg, poète anglais, à la place de Bacon. Jeu de mots: *Bacon* en anglais signifiant *lard*, et *hog, cochon*.

[41] Le fameux John Stuart Mill, auteur d'un traité de Logique expérimentale. Le mot Mill en anglais veut dire Moulin, d'où le jeu de mot à l'adresse de Bentham, dont Mill était le disciple.

[42] Poe a cité et développé ces considérations philosophiques dans son *Eureka*.

[43] Populace.

[44] Héros.

[45] Héliogabale.

[46] Madler. Poe a exposé et réfuté plus au long le système de cet astronome dans son *Eureka*.

[47] Le texte anglais explique ce jeu de mots intraduisible en français: *Cornwallis* y devient: *some wealthy dealer in corn*, un riche négociant en blé.

[48] Cuistre prétentieux.

[49] Tabitha Navet.

[50] Vieux canard.

[51] Tintamarre démagogique.

[52] *Critique de la Raison pure. – Eléments métaphysiques des sciences naturelles.*

[53]

Le fuyard peut combattre encore,
Ce que ne peut celui qui est tué.

[54] Romancier américain, que Poe juge ainsi dans ses *Marginalia*: «Son art est grand et d'un haut caractère, mais massif et sans détails. Il commence toujours bien, mais il ne sait pas du tout achever; il est excessivement volage et irrégulier, mais plein d'action et d'énergie.»

[55] «Comme un chien ne se laissera pas détourner d'un lambeau de cuir graissé».

[56] Nous ne l'avons pas trouvé.

[57] Dans le sens de l'ancien mot *mouleer*, qui moud son blé au moulin banal. (La Curne de Sante-Palaye.)

[58] Chats tigrés.

[59] phrenes

[60] Le mot attribué à Platon signifie «l'âme est immatérielle.» Le Diable, en changeant aulos en augos, prétend avoir enlevé à la définition de Platon tout sens intelligible.

[61] «Cicéron, Lucrèce, Sénèque écrivaient sur la philosophie, mais c'était la philosophie grecque.» — Condorcet.

[62] Arouet de Voltaire.

[63] Machiavel, Mazarin, Robespierre.

[64] Graham's Magazine, 1841.

[65] «On a imaginé bien des méthodes différentes pour transmettre d'individu à individu des informations secrètes au moyen d'une écriture illisible pour tout autre que le destinataire; et on a généralement appelé cet art de correspondance secrète la *cryptographie*. Les anciens ont connu plusieurs genres d'écriture secrète. Quelquefois on rasait la tête d'un esclave, et l'on écrivait sur le crâne avec quelque fluide coloré indélébile; après quoi on laissait pousser la chevelure, et ainsi l'on pouvait transmettre une information sans aucun danger de la voir découverte avant que la dépêche ambulante arrivât à sa destination. La Cryptographie proprement dite embrasse tous les modes d'écriture rendus lisibles au moyen d'une clef explicative qui fait connaître le sens réel du chiffre employé.»

[66] «Un mot suffit au sage.»

[67] «Des phrases sans suite et des combinaisons de mots sans signification, comme le reconnaîtrait lui-même le savant lexicographe, cachées sous un chiffre cryptographique, sont plus propres à *embarrasser* le chercheur curieux, et défient plus complètement la pénétration que ne le feraient les plus profonds *apophthegmes* des plus savants philosophes. Si les recherches abstruses des scoliastes ne lui étaient présentées que dans le vocabulaire non déguisé de sa langue maternelle....»

[68] «Nous avons besoin de nous voir immédiatement pour choses de grande importance. Les plans sont découverts, et les conspirateurs entre nos mains. Venez en toute hâte.»

[69] Cet essai, comme l'indique sa forme, n'est autre chose qu'une des lectures ou conférences que Poe fit en 1844 et 1845 sur la poésie et sur les poètes en Amérique.

[70] Cette version est empruntée à la traduction que nous avons publiée des *Poésies complètes de Shelley,*(3 v. in-18, Albert Savine, éditeur.) Nous saisissons avec empressement cette occasion d'ajouter le remarquable jugement de Poe sur Shelley aux nombreuses appréciations de la Critique Anglaise que nous avons citées dans notre livre: *Shelley: sa vie et ses oeuvres* (1 v. in-18) qui commente et complète notre traduction.

«Si jamais homme a noyé ses pensées dans l'expression, ce fut Shelley. Si jamais poète a chanté (comme les oiseaux chantent) — par une impulsion naturelle, — avec ardeur, avec un entier abandon — pour lui seul — et pour la pure joie de son propre chant — ce poète est l'auteur de la *Plante Sensitive*. D'art, en dehors de celui qui est l'instinct infaillible du Génie — il n'en a pas, ou il l'a complètement dédaigné. En réalité il dédaignait la Règle qui est l'émanation de la Loi, parce qu'il trouvait sa loi dans sa propre âme. Ses chants ne sont que des notes frustes — ébauches sténographiques de poèmes — ébauches qui suffisaient amplement à sa propre intelligence, et qu'il ne voulut pas se donner la peine de développer dans leur plénitude pour celle de ses semblables. Il est difficile de trouver dans ses ouvrages une conception vraiment achevée. C'est pour cette raison qu'il est le plus fatigant des poètes. Mais s'il fatigue, c'est plutôt pour avoir fait trop peu que trop; ce qui chez lui semble le développement diffus d'une idée n'est que la concentration concise d'un grand nombre; et c'est cette concision qui le rend obscur.

»Pour un tel homme, imiter était hors de question, et ne répondait à aucun but—car il ne s'adressait qu'à son propre esprit, qui n'eût pas compris une langue étrangère—c'est pourquoi il est profondément original. Son étrangeté provient de la perception intuitive de cette vérité que Lord Bacon a seul exprimée en termes précis, quand il a dit «Il n'y a pas de beauté exquise qui n'offre quelque étrangeté dans ses proportions.» Mais que Shelley soit obscur, original, ou étrange, il est toujours sincère. Il ne connaît pas l'*affectation*.»

[71] N.P. Willis, essayste, conteur et poète américain. Poe lui a consacré un long article dans ses Essais Critiques sur la littérature américaine. Il reproche surtout à ses compositions «une teinte marquée de mondanité et d'affectation.»

[72] Poe est revenu à plusieurs reprises sur ce morceau dans ses *Notes marginales*. L'éloge qu'il fait ici du poète américain Longfellow ne l'empêche pas de le juger en maint endroit avec une singulière sévérité. «H.W. Longfellow,» dit-il dans un curieux essai intitulé *Autographie* où il rapproche le caractère et le génie des écrivains de leur écriture, «a droit à la première place parmi les poètes de l'Amérique—du moins à la première place parmi ceux qui se sont mis en évidence comme poètes. Ses qualités sont toutes de l'ordre le plus élevé, tandis que ses fautes sont surtout celles de l'affectation et de l'imitation—une imitation qui touche quelquefois au larcin.»

[73] Poe critique ainsi cette strophe dans ses *Marginalia*:

«Une *seule* plume qui tombe ne peint que bien imparfaitement la toute-puissance envahissante des ténèbres; mais une objection plus spéciale se peut tirer de la comparaison d'une plume avec la chute d'une autre. La nuit est personnifiée par un oiseau, et les ténèbres, qui sont la plume de cet oiseau, tombent de ses ailes, comment? comme une autre plume tombe d'un autre oiseau. Oui, c'est bien cela. La comparaison se compose de deux termes identiques—c'est-à-dire, qu'elle est nulle. Elle n'a pas plus de force qu'une proposition identique en logique.»

[74] William Cullen Bryant, l'un des poètes américains les plus admirés de Poe. «M. Bryant,» dit-il dans son essai critique sur ce poète, «excelle dans les petits poèmes moraux. En fait de versification, il n'est surpassé par personne en Amérique, sinon, peut-être, par M. Sprague.... M. Bryant a du génie et un génie d'un caractère bien tranché; s'il a été négligé par les écoles modernes, c'est qu'il a manqué des caractères uniquement extérieurs qui sont devenus le symbole de ces écoles.»

[75] Poète américain, professeur à l'Université de Maryland, mort à l'âge de vingt-six ans, 1828. En 1825, il publia à Baltimore le volume de poésies d'où celle que cite Poe est tirée. Ce volume fut accueilli en Amérique par les éloges les plus enthousiastes.

[76] Poe a consacré à l'auteur si populaire de la *Chanson de la chemise* un assez long article critique où il développe ce qu'il en dit ici. A côté de la *Belle Inès* et de la *Maison hantée*, il met a peu près au même niveau: L'Ode à la *Mélancolie*, le *Rêve d'Eugène Aram*, le *Pont des Soupirs* et une pièce qui lui semble peut-être caractériser le plus profondément le génie de ce singulier poète fantaisiste: *Miss Kilmanseg et sa Précieuse jambe*. «C'est l'histoire, dit-il, d'une très riche héritière excessivement gâtée par ses parents; elle tombe un jour de cheval, et se blesse si gravement la jambe, que l'amputation devient inévitable. Pour remplacer sa vraie jambe, elle veut à toute force une jambe d'or massif, ayant exactement les proportions de la jambe originale. L'admiration que cette jambe excite lui en fait oublier les inconvénients.

Cette jambe excite la cupidité d'un *chevalier d'industrie* qui décide sa propriétaire à l'épouser, dissipe sa fortune, et finalement lui vole sa jambe d'or, lui casse la tête avec, et décampe. Cette histoire est merveilleusement bien racontée et abonde en morceaux brillants, et surtout riches en ce que nous avons appelé la *Fantaisie*.»

[77] Ce poème est adressé à Augusta Leigh, la soeur de Byron.

[78] Nous extrayons des *Marginalia* de Poe un passage qui complètera l'idée qu'il ne fait qu'indiquer ici, et où la poétique amoureuse de Byron jeune est admirablement caractérisée:

«Les anges,» dit madame Dudevant, une femme qui sème une foule d'admirables sentiments à travers un chaos des plus déhontées et des plus attaquables fictions, «les anges ne sont pas plus purs que le coeur d'un jeune homme qui aime en vérité.» Cette hyperbole n'est pas très loin de la vérité. Ce serait la vérité même, si elle s'appliquait à l'amour fervent d'un jeune homme qui serait en même temps un poète. L'amour juvénile d'un poète est sans contredit un des sentiments humains qui réalise de plus près nos rêves de chastes voluptés célestes.

»Dans toutes les allusions de l'auteur de Childe-Harold à sa passion pour Mary Chaworth, circule un souffle de tendresse et de pureté presque spirituelle, qui contraste violemment avec la grossièreté terrestre qui pénètre et défigure ses poèmes d'amour ordinaires. Le *Rêve*, où se trouvent retracés ou au moins figurés les incidents de sa séparation d'avec elle au moment de son départ pour ses voyages, n'a jamais été surpassé (jamais du moins par lui-même) en ferveur, en délicatesse, en sincérité, mêlées à quelque chose d'éthéré qui l'élève et l'ennoblit. C'est ce qui permet de douter qu'il ait jamais rien écrit d'aussi moins universellement populaire. Nous avons quelque raison de croire que son attachement pour cette Mary (nom qui semble avoir eu pour lui un enchantement particulier) fut sérieux et durable. Il y a de ce fait cent preuves évidentes disséminées dans ses poèmes et ses lettres, ainsi que dans les mémoires de ses amis et de ses contemporains. Mais le sérieux et la durée de cet amour ne vont pas du tout à l'encontre de cette opinion que cette passion (si on peut lui donner proprement ce nom) offrit un caractère éminemment romantique, vague et imaginatif. Née du moment, de ce besoin d'aimer que ressent la jeunesse, elle fut entretenue et nourrie par les eaux, les collines, les fleurs et les étoiles. Elle n'a aucun rapport direct avec la personne, le caractère ou le retour d'affection de Mary Chaworth. Toute jeune fille, pour peu qu'elle ne fût pas dénuée d'attraction, eût été aimée de lui dans les mêmes circonstances de vie commune et de libres relations, que nous réprésentent les gravures. Ils se voyaient sans obstacle et sans réserve. Ils jouaient ensemble comme de vrais enfants qu'ils étaient. Ils lisaient ensemble les mêmes livres, chantaient les mêmes chansons, erraient ensemble la main dans la main à travers leurs propriétés contiguës. Il en résulta un amour non seulement naturel et probable, mais aussi inévitable que la destinée même.

»Dans de telles circonstances, Mary Chaworth (qui nous est représentée comme douée d'une beauté peu commune et de quelques talents) ne pouvait manquer d'inspirer une passion de ce genre, et était tout ce qu'il fallait pour incarner l'idéal qui hantait l'imagination du poète. Il est peut-être préférable, au point de vue du pur roman de leur amour, que leurs relations aient été brisées de bonne heure, et ne se soient point renouées dans la suite. Toute la chaleur, toute la passion d'âme, la partie réelle et essentielle de roman qui marquèrent leur liaison enfantine, tout cela doit être mis entièrement sur le compte du poète. Si elle ressentit quelque chose d'analogue, ce ne fut sur elle que l'effet nécessaire et actuel du magnétisme exercé par la présence du poète. Si elle y correspondit en quelque chose, ce ne fut qu'une correspondance fatale que lui arracha le sortilège de ses paroles de feu. Loin d'elle, le barde emporta avec lui toutes les imaginations qui étaient le fondement de sa flamme—dont l'absence même ne fit qu'accroître la vigueur; tandis que son amour de la femme, moins idéal et en même temps moins réellement substantiel, ne tarda pas à s'évanouir entièrement, par la simple disparition de l'élément qui lui avait donné l'être. Il ne fut pour elle en somme, qu'un jeune homme qui, sans être laid ni méprisable, était sans fortune, légèrement excentrique et surtout boiteux. Elle fut pour lui l'Egérie de ses rêves—la Vénus Aphrodite sortant, dans sa pleine et surnaturelle beauté, de l'étincelante écume au-dessus de l'océan orageux de ses pensées.»

[79] William Motherwell (1797-1835) critique et poète écossais; il publia en 1822 la collection de ses poésies sous ce titre: «Poems, narrative and Lyrical.» On a publié en 1851 des *Poèmes posthumes*. Il est aussi remarquable dans ses poèmes élégiaques et tendres que dans ses chants de guerre.

[80] Jeu de mots intraduisible en français, entre *anointed*, oint, sacré, et *arointed*, mot fabriqué de *aroint*, exclamation de dégoût: *arrière!* qui ne se trouve que dans Shakespeare.

[81] Mûrier.